UMBERTO SABA

的里雅斯特与一位女性

〔意〕翁贝托·萨巴 著

刘国鹏 译

人民文学出版社
PEOPLE'S LITERATURE PUBLISHING HOUSE

图书在版编目(CIP)数据

的里雅斯特与一位女性/(意)翁贝托·萨巴著;
刘国鹏译.—北京:人民文学出版社,2020
(巴别塔诗典)
ISBN 978-7-02-015368-8

Ⅰ.①的… Ⅱ.①翁… ②刘… Ⅲ.①诗集-意大利
-现代 Ⅳ.①I546.25

中国版本图书馆 CIP 数据核字(2019)第 119518 号

责任编辑 卜艳冰 何炜宏
装帧设计 高静芳

出版发行 人民文学出版社
社　　址 北京市朝内大街 166 号
邮　　编 100705
网　　址 http://www.rw-cn.com

印　　刷 上海利丰雅高印刷有限公司
经　　销 全国新华书店等

字　　数 125 千字
开　　本 889×1194 毫米 1/32
印　　张 12.25
插　　页 5
版　　次 2020 年 1 月北京第 1 版
印　　次 2020 年 1 月第 1 次印刷

书　　号 978-7-02-015368-8
定　　价 75.00 元

目录

第三辑　家园与乡村（1909—1910）

第四辑　的里雅斯特与一位女性（1910—1912）

第六辑 战时诗篇

第七辑 轻灵之物 （1920）

第八辑 爱的荆棘 （1920）

第九辑　序曲与短歌

第十辑　自传（1924）

第十一辑　少女们（1925）

第十二辑　垂死的心（1925—1930）

第十三辑　序曲和赋格曲　（1928—1929）

第十四辑　小贝托　（1929—1930）

第十五辑　话语　（1933—1934）

第十六辑　终末之事（1935—1943）

第十七辑　1944 年

第十八辑　杂录

第十九辑　地中海

第二十辑　飞鸟（1948）

第二十一辑　近乎一则故事

第二十二辑　暮年六记（1953—1954）

第二十三辑　墓志铭（1947—1948）

“为遁世的激情粉碎而死”

——论诗人萨巴及其诗歌

刘国鹏

一

昔日为《圣经》人物的普罗底色罩上神圣光环的千年灯笼，一度粗暴地被画家卡拉瓦乔打翻在地，那灯笼里漏出的光凌乱地映在《圣母之死》中尸体肿胀、蓬头乱服的圣母身上，而萨巴（Umberto Saba，1883—1957）又是多么小心翼翼地捡起它，掸去灰尘，续上烛火，只不过，它被挪作了私用，照在自己亲人和故乡的头上，这手法起先被但丁用在年少的恋人贝阿特丽采身上，助她漫游天国——“注视着她，我的内心也变得神圣”①，而今则成了萨巴歌颂乳母、妻子、女儿、情人、飞鸟和故乡的秘器。卿本草芥，

① 但丁：《神曲·天堂篇》，朱维基译，上海译文出版社，1984年版，第4页。

却被赋予了宗教般的光辉。诗人歌唱的全部动力，出自爱的胸腔，从不堪的尘世中孤独地纺出记忆中的阿里阿德涅线团：

回想起昔日的
爱情，丽娜。

多少声音都是对那个声音的应答，
多少歌曲是对那首歌的应答！

（《致丽娜》）

萨巴，若要恰当地从意大利当代诗人的群像中辨认，当是一孤独的异类，虽说常常被归入隐逸派（Ermetismo）之列，却从未在风格上如翁加雷蒂和蒙塔莱那般晦涩，而他对十四行诗和韵脚的迷恋，似乎还在对传统诗歌形式苦心孤诣。其诗简朴、明晰、哀伤，倾力于对卑微之物的同情，却又不坠入孤苦无味；在另一极，又有着对无限的渴望，然并不迷失，旷大无着落。

其诗歌之底色可谓哀婉，但却是一位深谙含蓄、平衡的杰出者，对自由的追求和秩序的控制无不体现在诗歌的字里行间。萨巴用语简洁、明晰，有时杂以家乡弗留里地区的方言，以表达其情感真挚、活泼的一面；除不多的几首组诗或长诗，如《自传》(*Autobiografia*)、《序曲与赋格》(*Preludio e fughe*)外，篇幅多短小，韵脚严整却不排斥即兴，称得上以情感取物，沉思内敛的诗人，在某些时候，阅读的沉静会使你联想起卡瓦菲斯、哈代、弗罗斯特一类的诗人，事实上，如果稍加留心，你会发现他们的确有着诸多的相似之处。

萨巴于1883年3月9日出生于意大利边陲重镇的里雅斯特（Trieste），原名翁贝托·勃利（Umberto Poli），萨巴为其笔名。的里雅斯特曾为奥匈帝国第四大城市，“一战”后并入意大利版图。萨巴的父亲名乌戈·艾多阿尔德（Ugo Edoardo），母亲费丽西塔·拉合儿·科恩（Felicita Rachele Coen）为犹太人，系诗人、历史学家萨缪尔·大卫·鲁扎托（Samuel David Luzzatto）之外甥女。父亲婚后由天主教改宗犹太教。萨巴出生时，父母分居。父子首次相见则是二十年后的光景。

这一前辈的选择日后为萨巴带来无尽的人生痛苦。萨巴的父亲出身小商人家庭，严厉、保守、恪遵宗教信条。父母二人的婚姻并不幸福，按萨巴的说法，其父“生性轻浮”，为人风流，行踪不定，甚至在萨巴还未出生之前就已将母子二人抛弃。

组诗《自传》第三篇则叙及父母不幸的婚姻和母亲内心深处对父亲挥之不去的不满：

他快乐而轻浮；母亲
却只感到生活全部的重负。
他像只皮球般从她的手里滑脱。

“可别像你父亲”，母亲告诫说。
长大之后，我从内心深处发现：
他们是两个怀着旷世深仇的种族。

（《自传》三）

萨巴自小被寄养于一位斯洛文尼亚裔农妇萨巴姿（Peppa Sabaz）家中，那时，这位萨巴诗中的“欢乐之母”刚刚失去了自己的小儿子，因此，萨巴姿将自己全部的柔情都倾洒在小萨巴的身上，这似乎激起了萨巴生母强烈的妒意。童年的不幸和两个母亲间的情感之战在萨巴幼小的内心投下了痛苦的阴影，并最终使他的性格变得敏感、忧郁而孤独。萨巴后来的诗作《献给乳母的三首诗》（*Tre poesie alla mia balia*）就是诗人对童年时依恋乳母的复杂情感的追忆：

婴儿
如今成了一个男人，几乎是一个老人，众多
善与恶的能手。翁贝托·萨巴
就是那个婴儿。而在寻找平安中，
前去与他的乳母交谈；
而她也难过于他的离去，
不愿他离开。那时，世界
对他来说是可疑的，总是充满
（或者至少在他看来）敌意。

（《献给乳母的三首诗》）

高中时，萨巴就学于但丁学校，因与老师不睦，到第四年便被迫中断学业。后前往帝国商业与海运学院，但数月后亦告夭折。在母亲的规劝下，萨巴一度供职于的里雅斯特一家商号从事商业经营，无奈心无所系，度日如年，《漫长的工作时日》（*Ore del lavoro lente*）就是这一时期的写照。

自青年时代起，萨巴即醉心于列奥帕尔迪诗歌的力量与魅力，但其母嫌列诗过于悲观，希望以歌剧代之，无奈萨巴其意已决，决心视诗歌为唯一的向导，毫无二虑。他尊奉的导师甚是丰富，远了说有但丁、彼特拉克、阿尔奥斯托和塔索，近了说有福斯科洛（Foscolo）、曼佐尼，但更亲近的影响应当是列奥帕尔迪、巴斯克里（Pascoli）和邓南遮，尤其是颓废派的领军人物邓南遮，令青年时期的萨巴颇为痴迷，萨巴还一度留起了邓南遮式的金色山羊胡，甚至曾效法邓南遮被意大利国王授予的称号“蒙特内沃罗亲王”（Principe di Montenevoso），短暂使用过一阵儿翁贝托·达·蒙特雷阿莱（Umberto da Montereale）的笔名。

1908年，萨巴应召入伍，驻防于萨莱诺的第十二步兵团。退伍后，返回家乡的里雅斯特，并与伍尔弗乐（Carolina Wölfler）结婚，这便是《歌集》（*Canzoniere*）中常常提到的“丽娜（Lina）”。婚后二人育有一女，起名丽努齐雅（Linuccia），和母亲一样，丽努齐雅是另一位被萨巴反复歌咏的女性。

在萨巴的眼中，妻子丽娜并非一位普通的女性，而是“比雄性更加优秀”的动物中雌性的象征：

以这样的方式，我在蜜蜂中
找到你，在一切靠近
上帝的、安详的动物的
所有雌性中；
而不是在任何别的女人中。

（《致我的妻子》）

由此，丽娜的身上承载着全部女性的悲悯、仁慈、神性和风骚，她既是现实中的、也是想象中的女性，是女性的全部和极限，是男性的图腾：

哦，所有女性中，最悲悯的一位，
一切仁慈绽放的玫瑰
酷似卡门，酷似卡门茜塔，
忧郁，你全身
披挂的魅力，
神性，你浑身弥漫的风骚

（《致丽娜的间奏曲》）

一对新婚伉俪不久迁往的里雅斯特郊区的蒙特贝罗居住，萨巴在此完成了《家园与乡村》（*Casa e campagna*）组诗。1911年，萨巴出版了自己的第一本集子《诗集》（*Poesie*），次年复推出《我以我眼》（*Coi miei occhi*），两本集子首次使用笔名萨巴，为的是纪念自己向所敬慕的乳母萨巴姿。

1913年至1915年，萨巴前往博洛尼亚居住，孰料，突如其来的“一战”使他再度入伍。所幸，战后萨巴安然返回家乡的里雅斯特，在姑姑的帮助下，开办了一家古旧书店：

一间古怪的旧书店
开在的里雅斯特一条幽僻的街上。
流转的眼神为书架上
古老装帧变幻的金色而振奋。

一位诗人，生活在那寂静的气氛里。
面对死者活生生的碑铭
他完成了那有关爱之冥想的事业，
真诚而愉悦，无名而孤独。

（《自传》十五）

商业上的往来使他有更多的时间四处走动，但这并未妨碍他的写作。事实上，1921年，萨巴出版了自己的第一版《歌集》，此后，萨巴展现出一位手工作坊主般的坚韧和耐心，始终如一地将自己的诗集称作《歌集》，一生所写尽收其中。

如果说“一战”并没有给萨巴带来太多麻烦的话，那么，“二战”可就远未如此幸运了，种族主义政策和法西斯的猖獗令萨巴远避法国，不过，1939年底，他再度潜回意大利，意图和身边的亲人一起应付日益浓厚的恐怖气氛。他起先躲往罗马，在那里，大诗人翁加雷蒂再三保护其因混血种族背景而面临的放逐。继家乡的里雅斯特沦入纳粹手中之后，萨巴再度奔走佛罗伦萨，在那里，萨巴饱尝了惶惶不可终日的滋味，所幸有蒙塔莱和列维（Carlo Levi）等人的全力接济和帮助，而免于落入敌手。

组诗《三座城市》中的《佛罗伦萨》一篇就曾提及诗人蒙塔莱对他的善待：

为了拥抱诗人蒙塔莱
——他的忧伤就是他的慷慨——我来到
一度善待我的城市。仿佛
脚踩的每一块石头都是
我的心，往昔岁月的
不幸。但是，我丝毫不感到痛惜。另一个时代
——另一个群星璀璨——诞生了。

意大利解放后，萨巴曾逗留于罗马九个月，在米兰旅居数年，之后，叶落归根，再度回到家乡的里雅斯特。《感激》一诗就是对这一时期诗人漂泊罗马和米兰的感受：

有一年，就是这个季节，我曾在罗马。
我曾拥有罗马和幸福。
我公然享受前者，而后者
我则保持缄默以免好运气走掉。
但是一切都
希望我时时刻刻快乐；
我的思想就是一位创造的神。

白雪覆盖下的米兰，最为忧伤，
或许也最美。世事芸芸，已成
过往，却还活在我的内心
在这个仁慈的、令人痛苦的城市。

从 1945 年到 1956 年，增补后的第二版《歌集》得以重新出版，此外，萨巴还写下了数量不菲的散文和评论，这为其带来了巨大的荣誉和公众认可。1946 年获维阿雷乔诗歌奖，1951 年获林琴科学院奖、陶尔米纳奖，1953 年罗马上智大学授予其荣誉学位。惜乎，荣誉如浮云，无助于诗人战胜日益严重的精神和心理危机。

1956 年 12 月 25 日，这一危机因妻子“丽娜”

的去世而达到顶点。九个月后，不胜其痛的萨巴也相随而去，时间是1957年8月25日的凌晨。

两年后，萨巴的遗著《碑文》(*Epigrafe*)得以出版，其中收录了他视为道德遗嘱的散文篇章。1975年小说《埃尔内斯托》(*Ernesto*)、1989年剧本《维琴察文人》(*Il letterato Vincenzo*)先后补遗，自此，他的意志再也无牵挂，世间的苦难和欢乐永不会与他为难，纠缠不休了。

这一次，或许真如诗人所说：

我自忧郁动身
抵达至福的中途。

(《终曲》)

二

萨巴生来便置身于一道被劈开的深渊之上，这无可抉择的命运之境是奥匈帝国和意大利之间的国族认同之痛，是父亲和母亲的离异之痛，是母亲和乳母的母爱争夺之痛，是其犹太身份和“二战”排犹的逃无可逃之痛。

呵，我的心，生来便一分为二，

使其合二为一经受了多少痛苦！

掩盖一道深渊需要多少玫瑰！

（《第二谢幕词》）

在这样的痛苦面前，诗人所要面对的人生注定是不幸的，但是，诗人绝望地发现，要过滤和无视这般的不幸，甚至比未曾出生还要不幸：

不虚度人生，

我感到，比出生更为不幸。

（《玻璃橱柜》）

因为，有些不幸早已盘踞在他的族群基因里，近乎一种“原罪”，在他未出生前就蜷伏在那里，像冰川下沉睡的病菌，等待阳光的唤醒：

……我的某些部分

在此之前已经出生，我今天的痛苦

一度就在我的祖先那里。

（《玻璃橱柜》）

因此，当他环顾四周，不幸便不难在周遭的事物上锐利地折射出来：

我同一只母山羊聊过天。
它孤零零地拴在草地上。
……

那咩咩的叫声，与我的痛苦
情同手足。我咩咩应着，既
是为了逗它，也因为痛苦是永恒的，
它有一个不变的声音。
这声音里听得出一只
孤独的山羊的呻吟。

从一只长着闪族面孔的山羊身上
其他所有的罪恶，其他所有的生活
都听得到抱怨。

（《母山羊》）

这样的不幸，源于诗人的异类身份，而这不被公众接纳的可疑者身份却赐予了诗人某种难得的声音，众声喧哗的假声和高音被从他的世界凌空抽离了，因为他的“闪族面孔”，甚至连这样的假声和高音也不配。从所有的声音中，诗人找回了被退还的自己的声音，在广大的世界中，诗人找到了自己被退还的世界，在他的内心，他所面对的亲人、妻子、女儿、故乡、大海和三两好友，就是世界的全部。他从苦难和忧郁中，开始学会享受这离群索居的喜悦：

我生命中
爱的忧郁，
心中的第一道和最后一道伤口；
谁要采摘你的果实
就会喜爱坠落的阴影，幽暗的处所，
慢慢地走着，贴着墙走着；
他看不见那人人看得见的，
而那无人看见的，他却爱慕。

（《爱的忧郁》）

一个无人喝彩的世界，对于一个惯于沉思和羞怯的生命，无异于一座修道院，一间聆听忏悔的祷告室。而故乡就是这样一座安谧的“修道院”：

自悬崖望去，我搜寻每一座教堂，和每一条

通向它的
道路，看看它们是否通向人潮攒动的沙滩，
或者小丘，在多石的
丘巅，一座屋子，最后一座，抓紧了大地。
周遭
每件事都笼罩于
一种异样的气氛，蒙难的气氛，
故乡的气氛。
每个部分都散发着活力，我的城市，
特意为我，为我沉思和羞怯的生命
准备了这么一个角落。

（《的里雅斯特》）

作为边陲重镇的里雅斯特，既是意大利的尽头，也是亚得里亚海的尽头，从那里，诗人开辟了一条通往大海的逃亡之路，港口便是这逃亡和精神历险的象征，它既是摩西出离的流亡之地——埃及，也是难以回归的应许之地——迦南，诗人行走在中间地带，注定一生在两地间徘徊：

二

……

那曾是一个小小的港口，一道向着

梦幻敞开的大门。

三

自那梦幻，那愤怒，你
赢得了一切，也失去了一切，
那汇聚在你身上的美好和不幸。

（《给丽努齐雅的三首诗》）

在这样的中间地带，诗人保持着一种前行的倾斜的姿态，朝向大海这一广阔之境发出的召唤，没有诗人可以拒绝这种召唤，正如没有生命可以拒绝爱情：

港口
点燃自己的灯火照亮他人；未能驯服的
精神依然将我推向广阔之境，
痛苦的爱情也是如此推搡着生命。

（《尤利西斯》二）

虽然，萨巴在世的生命，收获更多的不过是孤独、流浪和痛苦，他也的确曾以流浪狗自喻：“昔日我一直是一条孤苦伶仃的流浪狗”（《最后》）；在诗人的眼里，甚至一只麻雀也比自己富足：

它的家是整个世界，而我的
不过是世界的剩余

（《麻雀之浴》）

因为，它们诚实地诉说着生命的底线和法则：

它们毫无礼貌
毫不羞耻地，诉说着生命
和生命的法则（它们说出了底线）

（《人与动物》）

而诗人，在萨巴看来，唯有秉持这样的诚实，才能将人生的痛苦，和死亡的阴影转化为生活的助佑：

月儿初露端倪。
　　　　　　大街上依然是
白昼，一个匆匆降临的黄昏。
联结冷漠的青春；
迷失在可怜的终途。
　　　　　　最终，
助佑生活的，是死亡的意识。

（《二月的黄昏》）

萨巴的哀伤，遗传自向所钦慕的前辈诗人列奥帕尔迪，但却无疑在生命的诸般冲突和痛苦中找到了平衡和救赎的法则：

……如此，我的思绪
沉入这无限之中：
海上的灭顶之灾令我感到甜蜜

（列奥帕尔迪《无限》）

三

首次接触萨巴的诗作，是在2001—2006年于意大利米兰攻读博士学位期间。依稀记得黄灿然兄曾在一封邮件中直言不讳地坦陈他正在学习意大利语，目的是阅读萨巴诗作的全部。

如此决绝的口吻令我对所闻不多的萨巴大为侧目，并开始搜寻并尝试翻译他的诗作。在2003年发表于《世界博览》的一则专栏文章《米兰之美》中，我曾不无骄傲地引用了萨巴的《米兰》一诗：

在你的石头和雾霭之间

度假。我休憩在多莫
广场。每个夜晚
不是星星
而是话语将这里点亮。

生命中的休憩无一如
生命一般。

萨巴诗歌中犹如邻人般淡定、平实的口吻深深地吸引了我，他那倾尽全力过滤掉一切虚假声调的诚实、真挚的声音，更令我对现代诗歌耳目一新。

日后，网络和纸本媒体均多多少少刊发过本人翻译过的萨巴的某些诗作，但数量、规模均称不上宏富。此次《的里雅斯特和一位女性》的出版，系 2017 年受何家炜先生之托，从意大利文原文直接译出，所依据的版本为阿诺多·蒙达多利出版社出版的奥斯卡现代文学经典系列中的《萨巴诗选》(*Umberto Saba, Poesie scelte*)，1992 年第 1 版。该诗选共收入萨巴生前各时期的 143 首诗，共分为 23 辑，时间跨度从 1900 年至 1954 年，可谓囊括了萨巴一生中绝大部分代表作。

读博期间，本人就曾有关翻译萨巴之诗作请教过意大利语言文学方面的专家、教授，此后更不断地向意大利和中国的多位好友请教、切磋，亦曾借鉴英译本（*Songbook, The Selected Poems of Umberto Saba*, Yale University Press, 2008）的某些优长，自然也极力规避该译本的某些讹误，加之近年来利用多次前往意大利访学的机会，见缝插针地翻译出眼前不免羞涩的一本中文译作，屈指算来，和萨巴耳鬓厮磨之历史已近十八年矣。

萨巴生前大部分时间几乎籍籍无名，暮年声誉日隆，死后更声名鹊起，而今已被置于和意大利隐逸派大家翁加雷蒂、蒙塔莱并驾齐驱的地位。

虽然，诗人在其暮年诗作《墓志铭》中曾祈求死后的遗忘：

活着，我向一个死去的民族诉说；
死后，我拒绝荣誉，乞求遗忘。

但是，伟大的诗作是无从被遗忘的，即便死亡也无能为力。

是为记。

2019年10月15日，无梅宅

第一辑

青春诗篇

（1900—1907）

告诫

美丽的玫瑰色云朵，
你在宁静的天空何为？
被一日的晨曦
点燃，凝神观瞧。

你在翱翔间变化多端，
丢失了那团火；
隐没时，碎为齑粉，
你如此告诫：

你，纯洁勇敢的青年，
你的时日已吹响，
你甜蜜的梦想和爱情
掩蔽了坟墓。

有一天，我愿褪去色彩，

_4

关闭蓝色的光线；
这样，我就看不到周围的
朋友和祖国的天空。

乳母[①]的家

乳母的家，沉默地
面对古老的礼拜堂，
自下方望去，似从友好的
小丘面向羊群沉思。

透过她敞开的向阳的窗户，你会发现
我出生的城市人口稠密；
你还会看到令人愉悦的大海
对辛勤劳作充满感激的田地。

这里——我记得——小时候
夜幕降临之际，我在古老墓地的

---

① 佩琦·萨巴姿（Peppa Sabaz），一位来自斯洛文尼亚的农家女子，自萨巴出生后即担任后者的乳母，那时，萨巴姿刚刚不幸失去了自己的亲生儿子。至诗人四岁时，萨巴姿方始离开。在某种意义上，萨巴姿既是诗人萨巴的乳母，也是他的保姆和养母。由于二者情感深笃，因此，曾引起了萨巴生母深深的嫉妒。乳母和生母之间的情感战争曾引发了小萨巴的第一次心理危机。

十字架之间懵懂地玩耍。

我将平静的灵魂举向上帝；
从家的方向，飘来一阵亲切的
呼喊，和晚餐的味道。

格劳孔

格劳孔，一头金发的男孩子，
身穿漂亮的水手服，
目光淡定，操着本地口音
语调欢快地冲我说：

翁贝托，为何你要浪费自己的
生命，一点都不快乐，说起话来
活似藏着某种忧伤或秘密？
为何不跟我到

海边去？大海岂不是在召唤我们跃入它蓝色的波涛？
你未曾吐露的想法到底是什么？那躲躲闪闪，
会从我们中间，冷不丁将你偷走的想法。

你不知道对于你逃避的朋友
生活有多甜蜜，我的时光又是如何
冲着我愉快而富有想象地飞翔。

致丽娜[1]

起初，在庄严的夜里，我听到
一声召唤：咕呜[2]。
我回想起昔日的
爱情，丽娜。

多少声音都是对那个声音的应答，
多少歌曲是对那首歌的应答！
一阵痛惜拧紧了你的
心；我请求你原谅我的遗忘。

庄严的夜里，我最后一次听到

---

① 萨巴的妻子卡罗琳娜·伍尔弗乐（Carolina Wölfler），两人初次相遇于1904年，并于1909年2月28日结婚，为陪伴萨巴一生的伴侣，育有一女，名唤Linuccia（丽努齐雅），1910年出生。在诗中常以Lina（丽娜）的名字出现。1956年，丽娜得病去世，次年，萨巴撒手人寰。

② Chiu'，鸱鸮的叫声。在中文世界，猫头鹰的叫声一般被拟声为“呜呜”，或“咕咕”，而意大利语的发音则似乎更为贴近猫头鹰真实的叫声。

一声呻吟：咕呜
我回想起曾经的
痛苦，丽娜。

沉思

深蓝色消逝在缀满星辰的
蔚蓝色中。我临窗而坐，眺望。
眺望并倾听；不过，我全部的
力量都在这里：眺望和倾听。

月亮尚未升起，晚一些
才会露面。今天，许多大房子的
窗户敞开着，里面挤满了
卑微的人们。在我心里，一个真理
诞生了，它反复甜蜜地诉说，将给倾听者
带来愉悦，万事万物的愉悦。
人啊，你很少真正地看重事物。
你的灯光，你的床，你的家
对你而言似乎都无足轻重，似乎什么也
不是，你出生后，火已经
生起来了，被子已备好，还有睡觉的

摇篮，歌声是为了（哄你）入睡。
然而，从你的祖先以来所经历的漫长时光算起，
经历过多少磨难，在一间
茅屋出现于群兽之前；
声音成了给孩子的
催眠曲，言语适合于朋友。
人啊，数千年的磨难，对于那
卑微之物中的一个，你拿起，
使用，而不打量；
你的心不会震颤
你的手不会颤抖；
对你而言，再度想起那琐碎的小事
实属无益
今天你向垃圾堆中丢弃了多少；
里面没有对你而言值钱的宝石
有一天，那微不足道的事物该何等珍贵。

月亮升起，天上星辰
落幕。那厢，一盏黄色的
灯熄灭了，冒出丝丝烟雾。钟声
敲响。一只公鸡
啼鸣；别的公鸡应着，此起彼伏。

第二辑

军旅诗篇

（萨莱诺，第12步兵师，1908）

行军途中[①]

一

既然没上过战场的士兵
就像没人爱的女人般垂垂老去，
我们就渴望这：内心的胜利，和
从一地跋涉到另一地的必然。

是的，我们前往这里，而我们的许多战争
缺少瞄准我们心脏的敌人，
缺少击倒逃亡者的死亡，
缺少欣然赴死的荣耀，

---

① 1907年春，萨巴入军队服役。第一年似乎因严重的精神疾病而入住疗养院，先是在锡耶纳附近的橄榄园山，而后是的里雅斯特。1908年5—9月，被编入在那波里以南的萨莱诺（Salerno）附近驻防的第20步兵团进行军事训练，《军旅诗篇》即以该时段之经历为背景。

在我的周围，是丑陋的面孔和汗水，
我凝视战友：舌头
半伸着，像一头被宰杀的公牛。

哦，卡门，他在歌唱你的美丽
高声赞美你的容貌。
天空，雷声大作，滴雨未有。

二

丘八们的进攻也同样没有让我
感到不悦，天空烧红了一般，
和同乡之间的谈话。
我向他打听道："在家里，一份耕耘一分收获；

在家里，你当然有全心全意爱你的
女人，而我们要去的地儿，步履倍加
沉重，扛着打紧的背包，靠乞讨和偷窃度日？"

他盯着我，任我说个痛快。
"在家乡，可不是有劳就有获，

在更远的，遥远的美洲才是这样；

那里谁要是安心工作，就有
数不清的红酒、面包和金子。
美国就是这样，我想去那儿。”

三

如果有时候我选择忍受艰难生活的
磨难，所有感觉就都受到了伤害；
相信我，这并非负担的沉重，
而是辛劳的无益。

这一点你是知晓的，我美丽的女友；
你懂得如何及时安慰我；
丽娜是那说得少，问得多的人
我想，我得以重复那古老的倾诉。

“爱你的人懂你，却不能拥有你，
当你闯进我的心里，我却避你唯恐不及，
空有舌头而不能言语，

倾听眼前的流水，而不能去俯身饮用，
当我愿意迈着悠然，迟缓的
步履前行，就是在沿着直线奔跑。”

散兵队形

队形分散时，我藏身幽深的
林中，沿着小径分叉的地方匆匆
逃逸，好玩极了的游戏，它的外观
的确向我更新了世界。

请想一想：一丛灌木，一块圆形的鹅卵石
得隐藏整个身体。
更加沉重的倒成了轻飘飘的，
我是说一名士兵和他沉甸甸的重量。

飞翔冲入麦粒而后一跃而起，
绵羊记得弯下
膝盖，而后似乎是被全部宰杀。

今天，我亲眼所见的战场
我相信，那是艺术家从未发现过的。
或许，畜生所见亦是如此。

靶子

在大海彩虹色的竞技场上，
我纵身跳入挤满人的战壕；
怀着无从压抑的焦虑，我扣下
扳机。可怕的一鞭抽出，

一具人形靶倒下。我没有
把它想象成一个更好看而非更善良的靶子，
它仅仅是一个头戴花环的脑袋，
一个从未近身的敌人。

如果此时眼目无有差池，射击准确命中
他就是靶子上一个永远形迹可疑的人
我的眼睛就会承受着恐惧。

它们看到的全都残缺不全，
过于犹太人的，过于肥胖的，
因不洁而饱受指责。

院子里

院子里，那两位孤零零的所在。
那是湿润而清新的风合着黎明。
昔日我喜欢看小孩子们
脸庞儿罩在帽檐儿的深蓝里；

偶尔，这个或那个，栽了两跤
拣起扫帚充了武器。
接着，一阵疯跑换来一场战争，
而后胸脯儿撞在一起，活像一锅粥。

他们看到了我，而上帝知道是哪个心血来潮的家伙，
把我推向两只青壮的狗儿。
而后喊着“你快跑”和“我赶紧”四散，

开玩笑似的，他们握着我的手。
我笑了，为什么小巧而细长的东西，
姿态却如孪生。

扛旗的哨兵

家里，有一幅
我独自钟爱的石印油画：
拿破仑大帝和熟睡的
哨兵，映入我的幻觉之光。

那里，看得到鲜血浸染的
雪地上那沉睡的卑贱的士兵，
用自己的枪，为他，
伟大军队的皇帝站岗。

那是夜里，很长一段时间之后我依然记得。
小油灯燃着；我在向晚的
圣马蒂诺山[①]上挥动着旗帜。

---

① 圣马蒂诺山（San Martino），山名，海拔 1 487 m，位于意大利西北部的特伦托省（Trentino）。

似乎我就坐在那首家乡的
谣曲之中，小孩子，于漫长的
时日，在我里面梦见一位征服者。

第三辑

家园与乡村

（1909—1910）

小树

今日有雨。
天色暗如夜色
春光惨似秋光，
一阵飓风折磨着
一株尚显柔弱的小树；它于群树间
挺立，犹如一位少年，年岁青涩
个头却过于高挑。
你打量着它。或许，
你对所有被布拉风[①]吹折的洁白花朵
都满怀怜悯；那些花儿本将成为果实，
将是冬日
储存的果酱，它们坠落
草间。你博大的母性对其满怀
悲伤。

---

① 布拉风（la bora），意大利亚得里亚海东岸的一种干冷东北风。

致我的妻子

“你宛如一只年幼的，
白色小母鸡。
羽毛迎风
纷乱，脖颈低垂
饮水，从地上扒土；
而当走起路来，它有着你女王般
徐缓的步幅，
草地上则步伐庄重
高视阔步，趾高气扬。
比雄性更加优秀。
如同所有靠近
上帝的安详的
动物中全部的雌性。
以这样的方式，如果眼睛，如果我的判断力
没有欺骗我，在这些雌性中，你有着你的同类，
而不是在任何别的女人中。

当夜晚引得小鸡们
瞌睡连连，
它们发出那甜蜜的咯咯声
使人回想起那些，你有时对自我不幸的
悲叹，而你不知道
你的嗓子里有鸡舍
甜蜜和忧郁的音乐。

你像一只怀孕的
小母牛；
自在依然，毫不
沉重，满心喜悦；
若你为它梳理皮毛，它转动
脖颈，柔情所到之处
为它的肉体染上玫瑰色。
若你和它相遇，听到它
发出哞哞的叫声，那叫声
是如许
哀怨，以致你揪起
一把青草，好给它一份礼物。
就这样，当你陷入悲伤，
我就为你献上礼物。

你犹如一只瘦长的
母狗，眼中总是饱含
柔情，
而内心凶猛。
于你的足前，貌似
一位圣女，一团不可驯服的
热情熊熊燃烧，
它打量你的方式
如同你是它的上帝和救主。
当在家里或尾随
在路途，对于那些试图
靠近（的行人），它会龇出
雪白的牙齿。
她的爱经受着
嫉妒的折磨。

你犹如胆怯的
母兔。在局促的
笼子里，她双腿直竖
盯着你，
冲你伸长

耳朵，静止不动；
你为她带来
麸糠和菊苣，没有
食物时它蜷缩着身子，
寻觅着幽暗的角落。
谁会再将那些食物
拿走？谁会将
身上褪下的毛，添在
稍后分娩的窝里？
谁曾让你承受苦难？

你像春日里
回巢的燕子。
秋天又再次动身；
你没有这样的技艺。
你有的是燕子的这般（举止）：
轻盈的姿态；
这（举止）对于我被认为已然
衰老的人而言，你宣告着另一个春天。

你像一只有先见之明的
蚂蚁。当漫步

乡间，奶奶就会陪着小孩子
讲起蚂蚁（的故事）。
以这样的方式，我在蜜蜂中
找到你，在一切靠近
上帝的、安详的动物的
所有雌性中；
而不是在任何别的女人中。”

失眠的夏夜

我横陈于星辰
之下，
那夜中的
一夜令阴郁的失眠
化作
宗教般的愉悦。
我以石为枕。

数步之遥，一只狗蹲着。
一动不动地蹲着，目不转睛地
盯着远处的某个点。
似乎是在思考，
几乎堪称一场仪式，
似乎无限的寂静
正穿过它的体内。

如此湛蓝的苍穹之下，
一个星光如此璀璨的夜晚，
雅各梦见天使
在天空和曾是一块石头的
枕头之间攀爬，
无数的星辰间，少年
数算着他未来的子孙；
在那个国度，以扫[①]最大的怒气
消遁于无形，
为他的子嗣们预备的富裕之花中，
是一个坚如磐石的帝国；
梦中的噩梦曾是和他
厮杀的上主。

---

① 以扫，据《旧约》记载，为以色列人的祖先亚伯拉罕之孙，以撒的长子，因为饥饿，用自己的长子身份向弟弟雅各换取了一碗红豆汤。参见《旧约·创世记》25：21–34。

母山羊

我同一只母山羊聊过天。
它孤零零地拴在草地上。
草儿吃饱了，被雨
淋得精湿，咩咩叫着。

那咩咩的叫声，与我的痛苦
情同手足。我咩咩应着，既
是为了逗它，也因为痛苦是永恒的，
它有一个不变的声音。
这声音里听得出一只
孤独的山羊的呻吟。

从一只长着闪族面孔的山羊身上
其他所有的罪恶，其他所有的生活
都听得到抱怨。

致我的女儿[①]

我柔嫩的新叶，
我爱你，不是因为你在我的植株上
绽放，而是因为你如此
稚嫩，爱将你让渡给我；

---

① 萨巴之女丽努齐雅（Linuccia Saba，1910-1980 年），是萨巴诗歌中，除乳母、妻子丽娜之外，另一位最常被触及的女性。丽努齐雅 1910 年 1 月 24 日出生于的里雅斯特。萨巴和妻子新婚不久即出现第一次情感危机，对于妻子丽娜的怀孕，萨巴是非常不情愿甚至生气的，而在女儿出生后，丽努齐雅即被送给奶妈喂养，此举令丽娜非常伤心。本诗中的“你并非我梦想中的／希望”（tu non sei dei sogni/miei la speranza）一句即是针对妻子的怀孕而言。丽努齐雅长大后投身于绘画，曾有作品参加威尼斯双年展。
在丽努齐雅的生活中，有两个男性举足轻重，一个是他的父亲萨巴。Saba 在希伯来语中为“面包”之意，相当于意大利语的 pane，为了表达对父亲的爱，丽努齐雅在多年为时政文化类杂志《坐标》（*Punto*）撰稿时，曾使用了安内塔·帕嫩（Annetta Pane）的笔名，笔名中所采用的姓 Pane 即暗指父亲萨巴。
另一位男性乃意大利画家、作家、社会活动家，反法西斯主义者和医生列维（Carlo Levi，1902—1975 年），丽努齐雅日后虽嫁为人妇，但仍深深地爱着列维，长达 30 年之久。后者最著名的作品乃 1945 年出版的《基督在埃波里止步》（*Cristo si è fermato a Eboli*），系后者在意大利卢卡尼亚流亡时期的回忆录。1979 年，该书被意大利著名导演罗西（Francesco Rosi）改变为同名电影上映。

呵，我幼小的女儿，你并非我梦想中的
希望；我对你的爱，没有超过
对其他嫩叶的爱。

我可爱的孩子，我的
生命，
是孤独的悬崖，隔着一溜儿矮墙的
悬崖，
那里，我独自一人坐对
夕阳，坐对我隐约在望的隐秘的思想。
若你不能生活在那思想的巅峰，
就任由它们漫游在你的世界；
我喜欢就近观瞧
你的斩获。

你慢慢征服了家，
和你野性未驯的母亲的心。
正如你看到的，喜悦映红了
你的脸庞，因而你从嬉戏中向着她奔去。
把你抱在怀里，一位如此美丽、善良的
母亲，享受着你。忘记了她的旧爱。

致丽娜的间奏曲

哦，所有女性中，最悲悯的一位，
一切仁慈绽放的玫瑰
酷似卡门，酷似卡门茜塔①
忧郁，你全身
披挂的魅力，
神性，你浑身弥漫的风骚；

哦，女王，哦，女士，
她的优雅长存于过往，未来亦复如是
今日迥异昨昔，
我想起，那时你的美丽
未尝稍减，即便隆冬时节
一袭紫色的披肩

① 卡门茜塔（Carmençita，1868—1910），原名 Carmen Dauset Moreno，西班牙著名舞蹈演员。出生于西班牙阿尔梅里亚。曾先后于马德里、纽约、伦敦、巴黎等地表演歌舞剧。

包裹你冰冷的
双肩，兄傍般的侧影
在我美好的思绪中，
直至我认识你的那天。
从拥有你的那天起
总是近在咫尺，我总是围绕着
你深情的灵魂劳作；
我摆脱了某种不再属于她的
古老的焦虑。

你的少女时光隐遁
何方？那冥想的初时？
那一场场近乎残忍的、和亲爱的
姐妹的厮打，
后来，你亲吻她，夸她“漂亮”，
趴在她胸前哭泣，
以某种贪婪的情感，
某种令人心碎的温柔；
人生的击打使你的灵魂
破碎，却未使之扭曲。而这一点，
这一点我依然知道；
我或许曾上前向你呈上

我的作品，
哦，所有女性中，最悲悯的一位，
一切仁慈绽放的玫瑰，
你给了我爱的欢愉
而我向你的生命
支付了自由。

你的少女时光隐遁
何方？你曾做过针线活，身子有些虚弱，
周遭喧闹，在你的小房间，
或者像军营中的宿舍，
在你，那是座实验室，
弥漫着歌声和忧郁。
你暗中哭泣；有时候冲着歌儿
诉说别的囚犯。
但是，在节日里，在夏日的
黄昏，当你和同伴外出，
却有人在等你，单单等你一人；
在微小的花朵中你是玫瑰，
纯洁的玫瑰。

现在你的眼睛就像甜蜜的飞镖

扎进我内心，爱抚我，
你以全部的魅力
微笑着，打量我。
而我想着，你燃烧的火
如此甜蜜地穿透我们的
生活，一份唾手可得的战利品使它成为现实；
想着，你酷似卡门，酷似卡门茜塔
妖艳的玫瑰。

第四辑

的里雅斯特与一位女性

（1910—1912）

秋天

发生了什么事，你的生活？
我唯一的朋友，我苍白的新娘？
再也不像卡门，
你的美丽令人心疼。

你说："秋天来了。视觉上明媚的
季节，让我的心感到难过。"
你说，你的声音以一种熟知的魔力将我
征服："那边，你没看到花园里的
那棵树吗？还没死光，
每一片叶子都变成了一颗红宝石。
对一个女人来说，我的朋友，秋天
令人心碎？你知道，从小时候起，
每当秋天来临，我都会哭泣。"
你没有向那生活在你身边的人，
和你一起生活的人说起别的什么痛苦，

你将它们掩藏起来；即使他曾经问起，

灵魂，你会在哪里，以何样的方式再度绽放？

溪流

你这般地在我的幻想里冒险，
两岸间你这般地可怜。
岸上，如我所见，没有鲜花润饰。
萧条掩不住那里的脏东西。

可是，当我注视你，焦虑抽紧我的心，
哦，小小的溪流。
你全部的行程也是我思绪的
行程，你返身
源头，在那里，我爱恋你
全副的力量和美丽；我忆起那壮阔的
万千河流，迎向大海，
而你的水波只会让那洗衣妇
裸露的脚趾变得通红，
那展现在我眼前，最危险和
最愉悦的，是流经小岛和瀑布；

而你奔泻而下的小丘则是一座高山。

你砖石铺砌的岸边，曾有青草
生长，并总是在记忆中不停地生长；
总是在周六晚上萦绕你；
严厉的母亲总是提醒
孩童，水流易逝，
不会再见到它的源头
也不会再见到它原来的岸边；美丽的女人
总是那么哀伤，男孩子寻觅
她的手，听到一声奇异
的碰撞，在我们的生命和那溪流的
生命之间。

猪

泔水，污秽的精华，纯粹
只是为了应付它饥饿的本能；
如果你把泔水从它眼前挪开，
它声嘶力竭地就像屁股上挨揍的小孩子。

的确，对于它，绝好的运气，
在我看来，就我而言，乃是一种折磨：
没有人问起，为什么家里的女主人四处追着
这可怜的家伙，要把它养得
膘肥体壮，尽可能地使它餍肥和饱足；
它，像所有的生命，对于日后
臻于成熟时的用途，一无所知。
而我，倘若再行注视，我会把自己摆在它的位置上，
我感到它肉里的刀子，
听到尖叫，那骇人的

哀号，当狗冲着众人狂吠，

女主人却在家门口笑逐颜开。

它幸福的外表，只不过在我的内心

激起一阵强烈的哭欲。

的里雅斯特

信步穿过整座城市。
渐次登上悬崖，
城内人口稠密，一溜儿矮墙
将它隔绝，团团围定：
拣一个角落只为
小憩片刻：角落的尽头
似乎也是城市的尽头

的里雅斯特散发着一股乖戾的
优雅。倘若你喜欢，
它就像一个蓝眼珠的高挑少年
粗鲁而贪婪，硕大的双手
专为献花而生；
又像是饱含嫉妒的
爱情。

自悬崖望去，我搜寻每一座教堂，和每一条通向它的

道路，看看它们是否通向人潮攒动的沙滩，

或者小丘，在多石的

丘巅，一座屋子，最后一座，抓紧了大地。

周遭

每件事都笼罩于

一种异样的气氛，蒙难的气氛，

故乡的气氛。

每个部分都散发着活力，我的城市，

特意为我，为我沉思和羞怯的生命

准备了这么一个角落。

回家途中

灵魂，倘若你觉得，为了抵达
黄昏，我们已徘徊得足够漫长，
我们渴望进入自个儿的房间，
掩上门，来上少许春天？

的里雅斯特，拥有
男性青春期的新城，
在大海与坚固的山丘之间，生长不出
形状和分寸；
那里，没有艺术或者
闲暇，倘若有的话，就在居民的
心里，在它青春的
色彩里，在这缤纷的激情中；
我们全都探索过，直至它最偏远的
角落，天下最怪异的城市。
而今，伴着黄昏，回到我们

身边的愿望也开始涌现，
我们渴望进入，我总是以丰沛的爱
聆听你的地方，那里，你可以转向
美好，一出漫长的错误？

最尖锐的痛苦的灵魂，
最艰难、最隐蔽的不幸的
灵魂，今天，我们谱写一首诗篇。

老城

通常，为了回家
我取道老城一条昏暗的路。
三两泥潭映出路灯的
黄光，街道拥塞不堪。

这里，熙来攘往的人们
从酒肆回家，或奔了青楼[①]，
偌大的海港上
人和货物的碎屑汇集于此，
我穿行，我寻找人性的
无穷。
这里，有妓女和水手，骂骂咧咧的
老人，乞讨的妇女，

① “Lupanare”一词在意大利语中的意思为“妓院”，但措辞颇文雅，故取中文中之“青楼”对应。

有端坐油炸食品铺里的
龙骑兵，
也有因爱而疯疯癫癫、吵吵闹闹的
女人，
全不外生活和痛苦的
造物；
他们焦躁不安，主啊，如我一般。

这里，我感到在卑贱者的陪伴下
我的思绪变得
更为洁净，在那道路最下流的地方。

母猫

你的小母猫瘦了。
除了爱，它没有别的痛苦：
它的痛苦需要你的呵护。

你未曾尝试过悲痛的软弱？
未曾感到过如同一颗心
在你的爱抚下振跳？
在我的眼里，这够得上完美
就像你，这只野性未驯的母猫，
不过也像你，孩子
你这恋中人，总是寻寻觅觅，
焦躁地四处游荡，
而所有人都说："疯子"。

孩子，她就像是你。

小女孩

谁看到你，就看到了春天，
一株奇异的幼苗，没有带来
花朵，却带来果实。

一天，他们剪了你的头发。
你站在，刽子手和妈妈之间，
站得笔直而任性
像棍棒下一位叛逆的少年，
脸颊因生气和害羞而涨得通红，
大大的眼睛里刚刚噙满泪花；
我相信你的膝盖还因为
你方才承受的惩罚而发抖，
而后因着自尊你收集起
自己漂亮的、丢失的财富，
你的长发。

我拿起一面镜子给你。在棕色的
毛发簇拥下，你美丽的脸庞圆嘟嘟的
像一枚鲜艳多汁的水果。

卡门[①]

我再次恢复了对你的绝望。
历经诸多的错误，今天我的爱
又转向你反复无常汹涌的炽烈，
除了你的忠贞，它一无所求。

在这些漫长焦虑的日子
既无纷争也无平安，
亦无你欢欣的冷酷；
以我孤独的、被人憎恶的灵魂，
以你无处不在的被铭刻的形象，
我梦想着将你杀害，
出于为你哭泣的狂喜。

① 本诗以《卡门》命名，实则暗指其妻子，在自己的《歌集》中，萨巴为她取了一个特别的名字 Lina（丽娜）。在写作此诗的过程中，萨巴曾被妻子短暂抛弃，原因是她爱上了别人，这段经历使萨巴长时间陷入抑郁之中，但是，他并没有因此谴责妻子。

无辜的伴侣，爱情严肃的
女儿，如果今天生活将你放逐，
你依然会伴着音乐来到我身边，
我不妒忌唐·豪塞，
也不妒忌埃斯卡米里奥；我嫉妒之前的人，
迎着你的纯洁，迎着和你的真理
相媲美的圣洁的勇气引吭高歌。

或许，你生活得离我并不遥远，
是我，让你的爱又回到我身边，
我不会在塞维利亚寻觅你逗留的所在。
我只在某个节日的早上
漫游，在黑压压的、空洞的人群中
你看上去活像某个佛罗伦萨的
平民百姓；你伸手
撩起教堂的门帷，
入口处红黄相间的帷帘。

你似乎有些疲倦，似乎病了，
但是，我认得你，我爱过你。

我竭尽全力没有喊出声来，
我配得你的一抹微笑。

悲伤过后

这嚼过的面包有回忆的味道，
在这寒酸的酒馆，
它位于被遗弃和壅塞的港口。

我享受着啤酒的苦涩，
坐在回家的半路上，
面对模糊的群山和灯塔。

我的灵魂已战胜它的悲痛，
在古老的夜，以崭新的双眼
目睹一位驾驶员和他怀孕的妻子；

一船的旧木头
在太阳下发出光芒，和高耸的、
合两树高的烟囱，一幅

幼稚的画，那是我二十岁的作品。
向我诉说我如此美丽的
生命，伴着众多甜蜜的忧虑，

和众多幽僻的至福！

三条街[1]

在的里雅斯特，有一条街，供我在
漫长的、沉默寡言的忧郁日子里秉镜自照：
它叫老传染病院街。
在那一模一样的、古老的救济所般的房屋间，
有一种愉悦的调子，绝无仅有的调子：
大海位于它两侧的尽头。
从一家家门脸凄凉的仓库里，
散发出香料和焦油的味道，
一家商店售卖渔网，和船上的
缆索：它以一面旗帜作为
招牌；店铺里的人转过身
冲着行人，很少有什么值得

① 三条街的街名原文分别为：Via del Lazzaretto Vecchic；Via del Monte，Via Domenico Rossetti，最后一条街以多梅尼克·罗塞蒂街（Domenico Rossetti，1774—1842）的名字命名，多梅尼克·罗塞蒂为当时的里雅斯特富有的商人和贵族，曾被哈布斯堡王朝末代君主玛丽娅·特蕾西亚授予伯爵爵位。

瞟上一眼，一副副苍白的面孔，俯身在
全世界的多姿多彩上，
女学徒们让生活的惩罚
打了折扣：无辜的女囚们
阴郁地缝制着鲜艳的旗帜。

在的里雅斯特，盛产忧愁
和天空与大街上的美丽，
有一道斜坡，叫作山之街。
街首是一家犹太会堂，
街尾则是一家修道院；街中间
有一个小礼拜堂；于是，你可以从
一片草地上，
发现生命的黑色激情，
托着轮船和岬角的大海，
人流和商场的帘布。
在斜坡边上，有一块废弃的
公墓，没有人在那里
举行葬礼，没有人再埋在那里，打从
我记事时起：犹太人的
老墓地，在我心里如此亲切，
一旦我想起我的先辈，历经这么多的

苦难和交易，而后葬在那里，
就像所有的灵魂和面孔那样。

“山之街”是神圣的情感之路，
而喜悦和爱情之路
则非多梅尼克·罗塞蒂街莫属。
这条市郊的绿色大街，
一天天失去它的色彩，
越来越城市化，越来越远离乡村，
但依然保持着它美丽年华时的
风采，第一批迷路的乡村、
和成排的稀疏的杨树的风采。
那在夏末的夜晚散步的
人，当所有的窗户
打开，每一扇都是一个观景台，
人们做着针线活，或一边等人一边读书，
思忖着或许这里他喜欢的人
该会向着古老的快乐重新盛开，
活着，爱着他，只爱他；
而他的孩子面色红润，身体健康。

悲悯之路

提及不幸的外表
如此漫长、狭窄，犹如一具担架。
古老的城墙倒塌，
装饰着几棵七叶树。

医院依然使人感到忧伤，
这里，窗户敞开着，大门
是为了参观死人
压在一群坏人身上。就像剧院
外面有着黑色条纹的四轮马车，
我总能看到送葬的队伍停在那里。
不祥的蜡烛的气味
自小教堂飘出；如果我不能
为此而感到难过，不会想到末日临近，
向着那些我平日里担心失去哪怕一小时的事物
永远地告别，那是因为，一顶红色的

鸡冠在不远的草地上晃动，
草儿沿着排排幼树边上的小块土地上
生长：那抹红色于我乃是重新燃烧的
希望和信仰，犹如战地上的一面旗帜。

小母鸡依然在此抱怨着，
在不幸的大门旁扒土，
在它的鸡冠后面，我看到了
洒满阳光的整个农场。

我们的时刻

你可晓得，一日之中最美的时刻
乃是黄昏？越
美就越少青睐？那是
夜晚到来之前神圣安逸的时刻；
紧张的时刻乃是工作，随处可见
人们在大街上海浪般翻滚；
在幢幢房屋方形的砂轮上
月亮渐渐淡去，在宁静的空气中
勉强可辨。

这是离开乡村，享受
你的可爱城市的时刻，
从明媚的海湾到高山
在一种整体的美中变换着外观；
这是我的生命充实的时刻
犹如一条河流奔向大海；

我的思想，行动敏捷者在人群中
穿行，高大台阶之巅的
工匠，小孩子奔跑着登上
喧闹的车厢，一切似乎
都是凝固的动作，这一切动作
有着不动的外观。

这是伟大的时刻，是陪伴着
我们成熟的年龄更好的时刻。

少年

每逢仲夏，布拉风就涌过我们的
头顶，刮过你玩耍的开阔
草地，抽打着你健壮红润的
面庞和裸露的双腿。

你站在草地上，宛如一位流亡的神祇
站在大地上。对于仰慕你的人，你也
不俯首低顾，你怀着傲慢的神情
打量他，似乎在打量一位敌手。
而对于战争游戏中的同伴，
你说话时低声细气，我微笑着听你讲话。
战争围绕着一只巨大的球展开，
一脚飞出；
路人稀少，此刻，也看着你
施展灵巧的身形。
夜幕降临，将云层染上

玫瑰色，霞光在你赤裸的身体上，
配搭着它转瞬即逝的色调。

它的美与你的美彼此结合；
某种爱情的忧伤
绞着我的心。

诗人

和所有人一样
诗人的日子
已被数算过；而（那日子）多么，
多么丰富多彩！

一日之时和四季，
无论少一些太阳，或多一些风，
都是消遣和陪伴，
对他的激情而言，总是各异，
又总是雷同；起床时的
天气，是一天的
大事件，他的喜悦刚刚苏醒。
光线的反差比其他一切
更令他愉悦，美好的日子
热闹得
像漫长历史中的人群，

那里，蓝天和风暴转瞬即逝，
不幸和凯旋的使者
交替登场。
他的幸福，
在晚霞中回返，
与云层一道变换着颜色
即使他的心一如既往。

像所有人一样
诗人的日子
已被数算过；而（那日子）多么，
多么幸福！

小男孩

在我的眼里，你永远都不会对阳光餍足，
在床上，这漫长的夏日，我又复活了
一切；今天，对一个小男孩的回忆
使我难以合眼，依然将我诱惑。

犹如跳起时被打翻在地的猎物，
在一个人越是加快步伐的时刻，
就会在经过街道拐角时被绊住。
我没有想要和他结伴玩耍；
他的游戏是一下一下，从石头上
凿出碎片和火星。
我想到了淘气的阿尔西比亚德①，
生活在别的时代和最为高尚的地区，

---

① 阿尔西比亚德（Alcibiade），古希腊著名人物，美男子，智勇过人，风流倜傥，生活放纵，曾在伯罗奔尼撒战争中，叛离雅典，投奔斯巴达，在柏拉图的著作中，被描述为苏格拉底的弟子和男性伴侣。

对别人是否驱逐自己漠不关心，
也不害怕车夫高高举起
鞭子抽在他裸露的小腿上；
而他脸冲下摔倒在大街上，
笑着，马儿犹如插上了翅膀。
毋需一声招呼，人群丢下手上的
活计，似乎只为了目睹那番惊险。
帅气的小男孩玩味着自己的荣耀。

在明亮的日子，如果我漂泊得足够长久，
我很少会发现比一位小男孩更具兄弟般的情谊
更加愉悦，在他的姿态中，我倾听
我深远和快乐的思绪。

下午

在这个美极了的下午的种种
外观中，我承受了秋日第一批壮丽的
考验。季节告诫的声音
使我们因过错
而蒙受悔恨和痛惜。

天空湛蓝，犹如上帝在新的大地上
弯腰劳作的第一个天空，
而刚刚领受祝福的大海，是
整个蔚蓝天空光滑的镜子。
树上的些许叶子有着
小孩子水彩画中鲜活的绿色，
其他的则显出激情四射的红色。
家，乡村，整个世界，
似乎都是刚刚创造完毕。如此多的美丽让人黯然
神伤

如此之多的美令眼睛无力承受，难以持久。

谁在闲暇中休憩，倾听，
听得到严肃的警告，听得到来自
万物和深层的声音；
来自失望那起初的希望，
来自更为幽暗的结局那美好的开端。

美妙的思绪

我曾有一个美妙的思绪，而我失去了它。
其中一个思绪，在睡梦的清醒间
安慰纯真的
青春；而后很少
回到我们当中。

我追随着自己的想法就像
有人追随一只美丽的尤物，
将人引向她想去的地方，你看：
在街道的拐角，你永远失去了
她的优雅。

一个渎神的声音，一个不合时宜的
召唤，赶跑了那美妙的想法
而今，我在地狱没有出路的
迷宫将它寻觅，我知道，它并不遥远，
然而，对它的希冀终是徒劳。

妻子

每当我满怀忧伤地回家，她会依在窗边
等我，如果美丽、亲爱的
妻子，从一个动作，揣测到我的不幸
如果，从我的脸上辨认出这样、那样的厌烦，
就立刻用她多情的手臂搂着我的脖子，
如同甩出两条强劲的蛇；
她抱怨的声音一个劲儿责备我。

“你就这样，就这样回到我身边，
也不吻我一下，对女儿也没个
笑脸，你就站在那儿，闷声不响，形单影只
人们说，看看你，你有摧毁自己的
窍门。我……你瞧瞧我的脸
如果你不相信我的话，瞧瞧
这些哭过的泪痕。
我一个人在这儿孤单单地等你；

我们的家，我都重新归置过了，看到没?
就像第一天一样。
但你已经不再听我讲话了。你有多让我可怜，
多让我生气!
你知道，一旦一个人和别人生活
在一起，就没有权利
一个人承受痛苦;
要讲出来，同那些
我们生活在一起，相依为命的亲密的
人儿分享。”

“烦死我了，你烦死我了”,
我自言自语回答她。我思忖着:
如何才能让我的天使明白
这个世界上，没有什么
我不愿意拿来分享，除了这个，
这缄口的悲伤；我的不幸
属于我自己，只属于我的灵魂;
我不会因妻子和女儿而转让，
也不会同我亲爱的人儿分享。

爱的忧郁

我们心中
爱的忧郁，
犹如某种秘密的关注或孤独的
狂热，日益私密和珍贵；
对你而言，某种甜蜜的思想和某种苦涩的
记忆结合了；
驱走停滞在里面的厌倦，
而后，整整一生都与你相伴。

爱的忧郁
在坐在柜台后面的
年轻人心里，他看到
全城最漂亮的女人们冲他的布料
俯身；做梦者
幽暗的折磨，
初升的星辰已然闪烁，

路上些许光亮，
上坡时，他思索着谁了解爱为何物？
何为折磨？小丘砾石密布的漫长
斜坡，
房屋和丘顶的教堂
活像玩具；劳作的城市
在依然明亮的地平线上渐渐消隐；
他的骄傲受到生命的伤害，
而今日益涨大，已近乎疯狂。

我生命中
爱的忧郁，
心中的第一道和最后一道伤口；
谁要采摘你的果实
就会喜爱坠落的阴影，幽暗的处所，
慢慢地走着，贴着墙走着；
他看不见那人人看得见的，
而那无人看见的，他却爱慕。

防波堤

对我来说，世界上再没有什么地方比这里
更为可爱，更值得信赖。除了圣卡尔罗防波堤，
还有哪里我一点也不感到孤独？
除了海岸和波涛，还有什么更让我欢喜？

看到各色的船，它们的名字已是儿时的
记忆。伙计们兀自闲逛，何等混乱和疲倦
——或许他们此刻正等着
上船——甲板上那些袋子；
那些帆船边缘的
箱子，是一日大量财富的
开端，我愿意把这些神奇的波浪
当作欢迎我愉快地回家的人群，
是我可信赖的美好的馈赠。
我不忍心因为回家而撇下
圣卡尔罗防波堤，这意大利的

尽头，这里，生活依然是战争；
除了它，我不懂得思考快乐的
事业，我的日子近乎幸福，
这样，我就有了扎进我的土地的
深邃的根系。

也没有令你感到不悦，我的朋友，如果
我也带着足够多的爱前往自己出生的地方。
你知道，比这个港口更千变万化，
更热闹的是我们的心。

散步之后

当我们在美丽的夜晚
外出，直至山丘或沿着海边
散步
我看到，在所有人眼里，似乎
我们的联合有着兄弟般的意味。
我们的生活耗费了如此多的心血，
收获了如此多不同寻常的快乐，
我们没有任何对人群的冒犯；
我们两个全都是善良、安分守己的
公民，目的是喝上一杯上好的葡萄酒。
锣鼓只在我们的内心喧鸣，
旗帜迎风招展。

节日里，我寻找最荒凉的
郊外，尽管看上去
很怪异，除了发现两个人一起露天晚餐

谁会在我们身上看出什么？
丈夫已表现出对自由的
遗憾，妻子充满嫉妒；
我是说，朋友，没有什么东西
让我们和芸芸众生迥然有别，

我们在内心为彼此
招惹了敌对的命运：
艺术的命运和爱情的命运。

无比孤独

我们抵达海之所在
连同孤单的沙滩、蔚蓝的波涛。
从两个造船厂，林立的工厂
从的里雅斯特，我们喜欢穿过周遭的一切

而后回返，总是走得越来越远，
越来越适合我们自己，日益荒芜的海滩。
在玫瑰色夜晚的礁石上
彼此紧挨着坐下，我的目光
无法掉头他视，总是深深地凝视着她，
在她如穿行于云间之月般
奇异的目光中变得日益徒劳；
而我却围绕着一颗狂野的灵魂
和一位美丽的人儿奔忙，
她的思绪，谁知道，去往何方！

从许许多多停泊的船中的一艘
传来军乐队的声音，渐次蔓延；
她的眼睛里，一滴泪点燃了，
自鲜红的面颊上发出光芒。

致丽娜的新作（选译）

一

一个女人！为了再度忘记她，我
游荡在港口，犹如一位黎凡特人。
我眼望大海：海失去了它的深蓝色，
我徒然欣赏着这个世界。

一个女人！一件微不足道的小东西，
一件东西——上帝啊！——多么卑微；
一个像它那样的东西，日益隐藏
于自身，似乎每天早晨
占有着这个世界更少的空间，
将她深深的痛苦给予某种
存在；此地，我感到孤独、迷惘，
倘若我无法再填满它，我的城市；
对她而言，宇宙的神庙光秃秃的，没有

祭坛。

一个女人，微不足道之物。我的日子
是哀伤的；一个女人让它们备受折磨，
如此微小，那天地间的一座屋子，
一艘汽船，也胜过她。

三

倘若我在诸多艰难的夜晚之后起身
梦中的焦虑依然抓着我，
倘若我的不幸来自
一个我曾存放的更高的地方；

倘若在每一条曾看起来如此美好的街道上
我看到一条通往墓地的路，
你的思绪将我的小房间
变成了可怕的牢房。

我依然将那天称作我所有的日子里
最幸福的一天，我第一次向
裹着红色披肩的

女裁缝丽娜问好

九

我做了一个梦，我会告诉你
梦中的记忆。在过去的漫长岁月里
（我们的面孔如此疲倦、如此衰老
对我们而言，犹如鸿蒙初辟的第一天）

我多么愤怒，多么恨我自己，
为了拯救我懦弱的灵魂
我吞下了多少泪水！
我将你等候，我的爱，你来了；
在梦中，你一直爱着我；
而我（或许你不相信）
也在梦中忘记了你的欺骗，
原谅了我常年经受的悲痛。
对，我说，对，丈夫和妻子
应当在一起，若上帝
愿意，你的记忆和我的梦（应当在一起）；
我们在一起有过太多的不幸，
有太多被违背的誓言，

但我们的心却过于热情洋溢。

有一天我们会流着泪、亲吻着、
满怀温柔地分手，
犹如两个未婚夫妇。

十

孩子，连你也说：“妈妈
坏”，你记得吗？坏妈妈
给你喂奶的时候，多么
温柔，我知道她是如何为你唱催眠曲。

谁教你这么难听的话？
妈妈把你关在屋子里
独自享受和你一个人的乐趣？
你在她的子宫里嬉戏，因你而
从温柔的眼睛里流出泪水，她那
女人的泪水，没有男人听到而不
备受折磨、而不真挚、而不变节，
就像她的心，对，就像她的心，
人们得杀死它而后敬慕它；

孩子，和你说起这些，是徒劳的，
和你在一起的，今天你还无法洞悉：
当我上了年纪的时候，
你将几乎是我的一个同伴，
我会再和你说起她，你的妈妈，
你将会听到很多不可思议的、真实的事儿。

此刻，让我们一起祈求她优雅的
光线照亮你的心和面容。
如果你能在你的身上认出你妈妈
你将是非常幸运的

你的坏妈妈，我的丽娜，
让人吃够了苦头，也承受过巨大的痛苦；
她给了我一个如此美丽的孩子，
为此我写下了如此不同的文字。

十二

可怜的女歌手让谁不适？
这小淘气，年轻得像小男童，
美丽宛如俊兽，岂不比

我们更有价值?

比我们更无辜，或许更善良，
她歌唱那波利和简单的快乐。
犹如一个身手矫健的人运动般
表达着自己的思想。

她所要求的如此微少，为了这小小的要求
她奉上一小时的快乐和她卑微的好。
她从心中除掉了爱的痛苦，
而她还要为此感谢你。

十三

在等你的时候，我对着自己的心说道：
忘记她吧，那样会赏心悦目些。
我看到了你，高尚的心，在一个怯懦者的身体里，
向着你，我紧赶慢赶。

我知道，关于我的生命，你已夺走
而关于你，我可得恨你。
但是，当我聆听你的时候，

除了吻，我不知道还能给你什么。

当我听到你向我说起爱
我感觉到，不幸未能损伤你分毫；
感觉到，因为我的心，你的声音
已变得苦涩。

十五

一位海员同我聊起我们，
聊起我们，在一段粗俗的重唱之后。
蓝色的工装服下，一种兄弟般的
怜悯使我们平等相待。

他向我诉说着自己的爱情故事，
我看到他流下了一滴泪水。
但那是男人的眼泪，一滴，仅仅一滴，
也配得上你们所有的泪水。

“那人和一个你这样的人，怎么
能够一道儿坐在酒馆里？”
我的丽娜，也是为了说那些
可怜女人的坏话。

第五辑

宁静的绝望

（1913—1915）

手推车伙计

在我们内心重新找回失去的爱是件
好事，在内心和解对我们的冒犯也是好事；
然而，如果生活要从里面把你压垮
你就把它领出家门。

打开窗户，或者，下楼走到
人群当中：你将会看到，微不足道的事物就
足以令你感到愉悦：一只动物，一场游戏，
或者，蓝颜色的衣裳，

一位推着手推车的伙计，
大大的嗓门弥漫了开阔的街道，
如果下坡时坡势变陡，
他就不是在小跑，而是飞驰了。

那一刻，沿途躲闪的人

没有不吭声的。

吵闹声和愤怒声越响亮，

他就晃得、唱得越欢实。

草地上

十月，太阳的热量竟如此
微弱，对于你的苍白毫无益处，
小女孩，站在绿宝石般的草地上。

那儿有一条小溪；我回答着你的
疑问：那是许许多多的雨水。
你问我，它是不是要跑回自个儿的家。

哦，你喊着我，好匆匆忙忙
迈开几步，在广阔的大地上走得更远，
大地上，男人在打仗，
而像你一样的小女孩待在家里。

回忆

无眠。我看到一条街，一座小树林，
犹如焦虑压紧我的心；
去那里，是为了和另一个男孩，
单独待在一起。

那时是复活节；古老的仪式冗长
而古怪。要是他不喜欢我的话
——我想——他明天就不再来了？
而第二天他（果然）没有来。那是一种疼痛，
向晚时分内心的剧痛；
那不是一场友谊（后来我发现），
那是一场爱情；

第一场爱；在的里雅斯特的
丘陵与大海之间，我获得爱情和幸福。
可是，为什么我无法入睡，今天，同
这些，我想是十五年前的故事？

奎多

田野里，他坐在草丛中搜寻着什么，
看见我，然后忙不迭地冲我打招呼，冷不防
接近我，好像他看到的是一名同伴；

蠢极了的男孩子，黄昏时
他的双颊染上了一层云彩的玫瑰色，
十五岁的他，看上去比实际年龄要小些。

他聊起下雪和菊苣，
和家乡的乡巴佬叔叔。
而后，没有人撵他，冲他发火，

他突然离开凝神倾听的我；
或者，我看着他顺当地走在犁沟里，
我从未，跑着，进入已播种的土地。

在门口，我会看到有一瞬他
回头向我张望，如果他不是冲着火鸡做鬼脸，
或者出于对一只幼犬和婴儿迅速产生的爱

而将我遗忘。

但通常，出于职责或消遣，
就像一位好父亲或一位深情的乳母，
他手里牵着一个小男孩。

工作的日子，他既不会在田野里
晃荡，也不会在学校里受苦。
母亲把他从暖和的床上拽起来，

把睡眼惺忪的他送到作坊；
她看不到，对年轻人来说，在春日的
早上睡懒觉是多么美好的事。

作坊里，他有点烦人，咯咯的笑声有些喧闹；
而师傅，或者比他大一点的野孩子
在一场持续的疯跑中追逐他。

谁抓住他，就设法仰面撂翻，
倘若用坚硬的膝盖紧紧抵住他。
就会骑在斗败者身上，揍他的屁股，

他笑着，感到两眼刺痛。

奎多有我灵魂里的某些东西，
许许多多生物的灵魂；
而在心里保留着他的怀乡之情。

我告诉他："你不跟我来的里雅斯特吗？
那里每个人都有工作，也有
好玩的周末和节假日。"

"那里——他说——可有斯拉夫人？"
"我看到过——我说——美丽的山，
大海，四月份你可以在里面洗澡。"

"你去过的黎波里？"他回了一句；
弯腰在苜蓿地里寻觅，
给我看他拔起的一颗菊苣。

“我看到过新造的船，黄昏的
防波堤”……我看到他脸上发出熠熠的光芒
是的，奎多，想去，哦，只想去

卡萨莱基奥[1]，他有一个乡巴佬叔叔在那儿。

① 卡萨莱基奥（Casalecchio），小镇名，位于意大利博洛尼亚市附近。

羊群

羊群，傍晚时分你穿过灰尘满布的
市郊；你身后的秽物

令我愉悦；伴着匆匆的马车和电车的
铃声，你还要赶很长的

路；生命多么仓皇，
好似你缓慢的前行，在你里面重新收紧！

打从孤独的童年起，你就喜欢羊群，
对你来说，痛苦使内心更为锋利；

痛苦光顾我，使我屈服，而我一无所知；
我一无所知，你毛茸茸的全身似乎让我

认出，我只是，某种神圣，

古老，异常可敬之物。

一位步履蹒跚，引你前行的老人：
一位你的神祇，沙漠里的民族。

特尔盖斯特咖啡馆[①]

特尔盖斯特咖啡馆，在你白色的桌边
醉酒者重复着他的谵妄；
而我，在此写下最快乐的诗篇。

小偷的咖啡馆，妓女的淫窝，
在你的餐桌上，我蒙受殉道者的苦难，
我在蒙难为自己打造一颗新的心脏。

我曾经很好奇：日后当我美美享受
死亡，我在那里头鼓吹的虚无之境，
会在我活着的时候给予回报吗？

我从不敢自诩宽宏大量；
但如果出生便是一场错误，基于更大的内疚，

① 特尔盖斯特（Tergeste），的里雅斯特（Trieste）在古罗马时期的旧称。

我该向敌人表现得更加仁慈。

贱民的咖啡馆，曾经有一天我在此掩饰
自己的面子，今天，我快乐地看着你。
你在意大利人和斯拉夫人之间调和，

深夜里，沿着你的台球桌。

飞机起飞

向上飞升，天空湛蓝明净，
下端的云朵清晰可见。
那留在大地上的，挥动着手帕。

小巷里

尾随一辆马车步入幽暗的小巷，
那里，我的目光神魂颠倒，
那里，我唯一的疼痛在失血。

马车上，载着令人同情的货物：
躺在死亡中的羔羊们，
每只脖子上都有一枝玫瑰

从马车里的羔羊身上我看到，
英俊的少年们无辜地死去，
他们单单发出谴责我的声音，

一扇门打开，一名脏兮兮
相貌凶煞的男子把它们扛在肩上搬走。
空荡荡的马车又再度上路。

而屠夫，敏捷地登上
车座，所有的女人都探出头来
冲他打招呼；他回以问候和

手势。而后照旧在插科打诨中凯旋而归。

第六辑

战时诗篇

车站

你可记得车站，夜里，满是
最后的告别，艰难克制的哀伤，
整装待发的军列水泄不通？
出发的小号声在远处
响起；
而你的心，你的心凝满冰霜

我出生的地方……

我出生的地方，我母亲[①]过得
一点都不好（而她不过才三十出头）
她到我出生的城市干什么？
我身穿意大利士兵的服装，

在那里，在一场血淋淋怪异的梦里，
“他似乎”——有人说——“长得不像
我们的人”；并示意一个人离开，
一个穿得几乎和我一样的人，不过……

或许，在南方，我喜欢的人已不复在世。
丽娜的城市也消失殆尽。
这世上还能想到的事，就是

① 萨巴的母亲名叫费丽西塔·拉合尔·科恩（Felicita Rachele Cohen），1845 年出生于的里雅斯特犹太聚居区的小商人之家。其家在恪守宗教习俗方面颇为严苛而保守。

在乡下酒馆[①]里，一个托斯卡纳人[②]选择了我。
那里只有一个士兵，一八六八年生人，
吃着沙拉，喝着红酒。

① Cantina在意大利语中有“地窖”“酒窖”“小卖部”“乡下酒馆”之意，这里当为“乡下酒馆”之意，为乡下人喝酒、会友之地，设施简陋，不如酒吧高档、体面。

② 这里作者使用了il toscano，既可能特指某一个托斯卡纳人，也可能代指意大利语，因意大利语发源于托斯卡纳地区。

撒迦利亚[①]

母牛，小驴驹，小牛犊儿
对于胡乱裹在衣服里的婴儿来说
是冬天的炉子；一只小山羊
自疾病的损害中振作起精神。

他的母亲，天堂的和平等待着她，
十年里她给他添了六个，
六个小兄弟；甚至，在眼泪和忧虑之间，
一天两次小屋里冒出炊烟。

他在那里长大；而作为一个孩子的梦想，
他很少看到村里的田地。
他想要农民成为工人。

① 按照《新约·路加福音》的记载，撒迦利亚为施洗约翰的父亲。犹太先知，天主教会视其为圣人，其纪念瞻礼日为每年的 11 月 23 日。

眼下——在另一些受伤的人当中——他还记得
和平的欢乐时光；在帽子上
别着一根黑色羽毛：山地阻击兵的骄傲。

米兰 1917

每条街上都有一名士兵——一名步兵——瘸着腿
拄着拐杖，慢吞吞地走着，
手里握着一根巴松管。

第七辑

轻灵之物

（1920）

给女儿的小小童话

别哭了，孩子，别让你的悲伤变本加厉；
你的最爱会自个儿回来的，如果它回来的话。

我曾经养过一只乌鸫，金色的
眼圈，金色的颚与喙，
我为它藏起好多松子和
小虫子。
尽量避开其他人；满心欢喜
从学校归来；要我说，这亲爱的
朋友，对我的话，
全都听得懂；于是，两年里种种
甜蜜和心酸，我都冲着它说，单单冲着它。
一天，它逃走了；冲出了阳台
飞到院子里。我大放悲声，
哭声震天；人们纷纷把脸
伸出窗外；我徒劳地

追赶，徒然重复着它可爱的
名字；在一个又一个屋顶漫飞，
在视野中越来越小，越来越远，
似乎是对我巨大痛苦的
嘲讽，我那绝望的痛苦。
我承受的折磨，孩子，你是难以
知晓的；一切都消逝了；而当
我不再哭泣，我也就不再希冀，

生着羽翼的朋友自个儿
回了家，一颗松子诱惑了它。

女儿的肖像

女儿手里拿着皮球，
大大的眼睛扑闪着天空和夏日
衣服的颜色。“爸爸，”
她冲我喊道，“今天我想和你出门”。
而我寻思：人们往往只欣赏
世界的外表，我熟谙哪些外表
适合用来形容我的女儿。
当然，她像泡沫，像白色波浪上的
海之泡沫。屋顶上飞机
划过的尾迹，迷失的风；
又像云彩，无动于衷的云彩
在晴朗的天空成形、消融；
也像其他轻盈、飘忽不定的事物。

童谣

你是一小片云彩，我是风；
我带你到我心仪的地方；
我带你到这里那里的苍穹，
却从不给你太平。

日暮时，困倦的小云彩
去到群山背后入眠。
你的小床上，你的梦
已在白床单下预备停当。

宝丽娜①

宝丽娜，甜蜜的
宝丽娜，
一缕阳光突然进入
我的生活；
你是谁？虽然刚刚相识，为何你一旦靠近
我就会颤抖？昨天我还在问你：
“您的芳名，小姐？”
你冲我抬起梦幻般的眼神，
回答说：“宝丽娜。”

---

① 宝丽娜（Paolina），20世纪20年代初进入萨巴自营的古玩书店工作的女助理，负责书店的采购工作。宝丽娜和诗人后续诗集《爱的荆棘》（*L'amorosa spina*）、《序曲与短歌》（*Preludio e canzonette*）中的嘉丽塔（Chiaretta）均为诗人钟爱的情人。诗人和宝丽娜的爱仅持续了一个月：“有一场爱情，持续了一月／那曾是一场真正的爱情”（《永别》）。嘉丽塔为稍后进入书店工作的助理，真名茱莉亚·莫尔普高（Giulia Morpurgo），约1920年9月—1921年9月在萨巴的古玩书店工作，时17岁。《爱的荆棘》13首诗中的12首均系献给嘉丽塔。在萨巴眼里，如果说宝丽娜是“迷人的梦幻”，那么嘉丽塔则象征着“激情”。

宝丽娜，原生的
水果，
由空中的极致之物和大地上的极致之物
和合而成，
出生在只有你才能出生的地方，
有福之城，我出生于此，
夜晚，美丽的色彩徘徊，
最神圣的颜色，唉！它们什么
都不是；水蒸气而已。

宝丽娜，甜蜜的
宝丽娜，
你心里在想什么？我不追问。它纯然
只是你的美丽；
那里，一个念头，就像镜子上呵出的
一缕气，瞬间使之暗淡无光。
凡你所是，我无不欢喜，头上环绕小小的光环，
一名寻常女子，一位女神，
名叫宝丽娜。

永别

你离弃我，不辞而别，亦无泪水；
　　我该为此而悲痛欲绝？
你没有哭泣，因为你欠我的吻
　　太多太多。

那些爱情的海誓山盟
　　持续着，比一生还要长久。
我知道，有一场爱情，持续了一月，
那曾是一场真正的爱情。

或许有一天，他们会说

干干坏事，说说蠢话，
世上，没有什么比这更美妙的了；几乎连诸神
也听得到我们。眼下，你恨我，哦，亲爱的！

或许有一天他们会说："谁呀？这个
宝丽娜，萨巴写情诗给她的
那个？"他们会把她想成一个
奇异的造物，想象你和你自个儿
和所有人都迥然有别。而你，读着
流浪着，你猜，我该如何回答
那些活着的人，如果也还活着的话？宝丽娜，
我会说，很美，非常美；
但是，据我回忆，她和那些给的里雅斯特带来
欢愉的其他人没什么不同。

只是，她有自个儿沾沾自喜的小淘气。

第八辑

爱的荆棘

（1920）

爱的荆棘

三

瞧那儿，那迷人的姑娘
瞧那儿，那风骚的姑娘。

她缩起肩膀，
将脸埋在披肩里。

她可曾添过什么祸害？
压根没有。她收到了一个吻。

六

我该为你，女儿呀
　　寻找最伤心的言语；
说起来，你心肠冷酷，自私

　　而迷人。

你只想着自个儿。满足于
　　无限甜蜜的感觉。
你喜欢随心所欲的开销，
　　却从不付账。

我什么也不说。我只会跟自己诉说：
　　这就是你日后的妻子？
你是要在世上干出点名堂的人，
　　你是诗人。

就是这些话。我的心在流血
　　就像随便谁的心。
爱用于惩罚我的尖硬的刺
　　我带着它，走南闯北。

海边

那是凌晨六点，一个明澈的
节日。灯塔背后，那片
区域，快乐的颂歌，鸣铃般的
声响；围着旧船的
残骸安静玩耍的一个小男孩
的声音；在广阔的大海近旁
我孤独地坐着；我抵达了，如果没有弄错，
我人性痛苦的巅峰。

在我随手抛向海浪的
石子中（一段漂浮的梁木是
它的靶子），一块捡拾的碎瓦片，
美丽的棕褐色的瓦片，在欢愉的
小小厨房里，时光赋予它有用的形式，
厨房的窗户冲着阳光和绿色的
山丘。在这一点上，一个满怀

痛苦的人可以与之肖似。

一艘黄帆船曾经经过，
染黄了下方的海水；
安静极了。我未曾体验过
死亡的冲动，但耻于
未曾使它成为唯一的选择，
耻于热爱某些在大地表面移动
之物胜于热爱它，脸上含着温柔的迷惑。

第九辑

序曲与短歌

晨曲

自你，我的心，我等待最后一首歌，
一想到它就兀自喜悦。

阳光充沛的海滩上，
我不知道在梦中还是醒着，我看到，
一名水手，几乎还是个年轻人。
他从停靠的柱子上解下
缆绳，船有意识地在海水中
摇晃，准备起航。
我听到他独自，
吟唱，而城市也
侧耳倾听，还有山丘和海滩，
在这一切之上是我的心：
“如果爱着，”他唱道，“却不幸福，
还不如和爱说再见。”
他英俊的脸庞洋溢着快乐；周围

一派宁静和沉默；我看不到
任何人，无论近处还是远方；
太阳在天空发出光芒，在平坦
浩瀚的大海上，在新生的一日。

他独自一人，我想；他小小的船
打算在何处靠岸？
“这样，我的小家伙，这样可不行”
歌中唱道，歌声一路
尾随你；像小酒馆里的妓女
黏着你。
但在那个晴朗的早晨
那声音发出另一个警告；而这个
你知道，我的心，多么奇怪的事
你恳求自己聆听：或者如果船将
驶远，或者如果痛苦并非
徒劳，悲伤就是我的过错。
年轻的水手，一边不停地唱着，一边加紧
出发；我想：他是一个粗野的
海上之人？抑或，一位半神？

他忽然沉默了片刻，跳上了船；
清晰甜蜜的回忆留在我的心里。

忧郁

忧郁
你可怕地折磨着
我的生命；
世上，世上压根儿
一无所欢。

没有，哦，或许只有微不足道的
小事一桩。对我来说，
你该是少女。
门打开来；你身着袒胸露臂的衣裙
进入屋内，我心神恍惚。

如此纤细的，
春天，转瞬即逝的
魅力。你将
金色的鬈发半是掖在帽子里，

半是炫耀。

但是爱情，
掠过，掠过
青春，动荡的狂喜。
不祥的预感留在痛苦的
心中。

忧郁，
我的生命
永远只爱快乐
一桩：死亡。而今，它近乎痛苦不堪，
别的，我一无所求。

当人不再
爱恋，死亡便称不上
解放者；
在痛苦中，它的思想
不再带来愉悦。

我不曾知道
这一点；而今我啜饮

最后一口
苦酒。哦，对于年轻人
死亡的想法

较之面容失色和
战栗的最初的爱恋
从未如此亲切。
坟墓不会亲近老人：命运无上的
残忍。

终曲

人生晦暗而沉痛，
其间无物停留。

唯有时间的流逝始终如一。
一岁之于爱情，短如朝夕；
厌倦能在短短一日囊括
无数年华；而它的步伐
不会停留，亦不变换。昔日的嘉丽塔
一个小姑娘，而今出落为少女，
明天将是他人妇。想到这些，
心就遭到
一击。要想不去想这些，艺术可几乎
帮不上什么忙；众多、零散的事物在我心里
成就了唯一、美好的一件。一句美好的诗行
从一切不幸中将我治愈。哦，多少次了
——这一次也算在内——对他而言，再无人

知晓，无人明了，（所）胜过（的）耻辱和伤害。

我自忧郁动身
抵达至福的中途。

第十辑

自传

（1924）

自传

一

我不幸的少年时代是在
悲愁和痛苦中度过的，
而其他孩子的画面却轻松愉悦，
犹如一面葱绿静谧的山坡。

我承受的全副痛苦无以
言表，我欢快的诗歌却将之呼唤。
它们喜欢有人在心里这样说：
即便发生同样的事情我也愿意重生。

或许，我是唯一的意大利诗人
活着时毫不渴求功名；
这丝毫不让我的灵魂痛苦不堪。

我不喜欢自己是个弱者。
傲慢成了我小小不言的人性之恶。
我的白昼在夜晚放晴。

二

我出生时，母亲一直在垂泪，
黑夜里，独自一人，在空荡荡的床上。
痛苦煎熬着她，既是为我，也是为她，
她的亲人在犹太聚居区奔忙着。

这当中，最年长的一个做着买卖，
为了攒两个钱儿，也可能出于乐趣。
两块弗罗林金币换来包在深蓝色
大手帕里的一只阉公鸡。

那时节，我的城市该是多么
美丽：整个一座露天市场！
随母亲出外时，绿意充盈，

如在梦中，至今我还记忆犹新。
但是，我很快成为了忧郁方面的专家；

父亲远在异乡的独子。

三

对我而言，父亲曾是个“杀人犯”，
直到二十年后，我与之相逢。
那时，我发现他还只是个孩子，
他遗传给我的，我早已有之。

他脸上有着和我同样的淡蓝色目光，
一抹微笑，含着悲伤，甜蜜而狡黠。
他总是满世界游荡；
他钟爱迷恋的女人可不止一个。

他快乐而轻浮；母亲
却只感到生活全部的重负。
他像只皮球般从她的手里滑脱。

“可别像你父亲”，母亲告诫说。
长大之后，我从内心深处发现：
他们是两个怀着旷世深仇的种族。

四

我的童年贫穷而幸福
朋友少许，动物三两相伴；
一位和善可亲如胞母
的姑姑，还有天上不朽的上帝。

夜里，我为自己的守护天使
留下半个空枕；
而当我初尝肉体之欢
就再也没有梦到她可爱的形象。

同伴们忍俊不禁地大笑，
在我，却是奇妙的激情，
当我在学校里朗诵诗句；

在口哨、喧哗和野兽般的抱怨声中，
我依然发觉身在地狱第八层的火坑里，听得到
一个隐秘的声音对我说："好样的"。

五

而守护天使飞走了，
那隐秘之声亦在心中缄口。
凡事愈罪恶，则愈生迷恋。
我渴求一切可以致命的毒药。

慵懒滋生恶习
令我堕入阴暗的忧郁。
当这一切周而复始，我的灵魂就
全然成了另一副样子，声音亦复如是。

自童年时就已进入青春期
而忧愁一如既往，一如既往地缺乏勇气
眼中的不确定即是那目标所在。

对人对己皆冷酷无情，
独自坐在幽暗房间的床榻一角，
假装抱病之人。

六

那时我结识了一位朋友；给他写
长长的信，就像是写给一位新娘。
这些信令我意识到自己的魅力，
而除了我们俩，所有人都还蒙在鼓里。

我常愿给他亲切而睿智的建议，
为挚爱般的友谊献上礼物。
在他少年的脸颊上，我看到
曙光为天空染上的玫瑰红。

我多么希望，在一个美好的夜晚，
在他可爱的头发上安放一个
桂冠，然后说：这是我的朋友。

命运对他言而无信，
或许，在我，他不复是从前的样子。
他曾经英俊、快乐如一位神祇。

七

已是恋爱的季节；黎明和黄昏
带给我一日的惊喜。
世界的主人，就这样
迈向世界的条条大路。

向晚，走上山丘，或是沿着浑圆的
海滨漫步，心儿对我说：
好好想想人性的
本质吧，而你几乎是个例外。

诗人，当他为广袤的大地
吟唱，人们会向他致意，
在路上投去关注的

目光！我天生要担此重任，
此刻我横躺于沙滩之上。
哦，这是什么？天空？这怎么可能？

八

我曾如此畅想，黄昏时，天上的
星辰闪耀在甜蜜而洁白的
月牙之畔，倒映于波动起伏的
海水之上。哦，一个疲惫的

生命，我苍白无味的
早晨好比行将落日
的黄昏。我哭泣，带累
母亲也垂泪，俯身将我抱紧。

我的痛苦半是自作自受，半是
真实。我日后才懂得，
苦难意味着什么，当一个不期而至的念头

抽紧我的心，我对可怕的念头
充满担心，深信失眠会使我发疯。
这一切发生在比萨，那时我二十岁。①

---

① 1903 年，萨巴入比萨大学攻读考古学、德语和拉丁语课程，从其写给朋友的信件可知，他此时的内心颇为焦灼不安。

九

一个想法夜以继日地压迫我，
怪异，难以排遣；
这事发生在我身上；一下子从天堂
摔落地狱的疆土。

如何从这令人战栗的事实
不被拖入死亡，我对此仍一无所知。
而是同痛苦缔结和约，
接纳它，同它面对面地生活。

我造访过其他的场所，也有过新朋友。
从奇异的书本中了解到非同寻常的事情。
四五年过后，慢慢地，

不复再有迷狂而幸福的日子
永不再有；而生活和艺术中的
自由，我听得到，还在赌博。

十[1]

那时，我住在佛罗伦萨，每年
返回一次家乡的城市。
在它的记忆中，我不止一次地听到
它以蒙特雷阿莱[2]的名义诉说。

献给朋友，或者献给集会的诗
在高贵者的剧场里一点儿也不受欢迎。
没有掌声，我也没有感到多么羞耻；
就我所知，隐瞒别人毫无价值。

我见过，也认识韦西利亚的
邓南遮；对于客人，他相当
温文有礼，而其他人对我可没这么客气。

① 1905—1906 年，萨巴同哲学家乔尔乔·法诺（Giorgio Fano）前往佛罗伦萨，在此同文坛名人邓南遮、帕皮尼和《声音》圈子有过接触，但关系颇为不睦，该诗即记述此段时间的感受。

② 萨巴曾短暂使用过一阵儿翁贝托·达·蒙特雷阿莱（Umberto da Montereale）的笔名，“蒙特雷阿莱”的名称源于父亲出生的小镇——蒙特雷阿莱·瓦尔切里纳（Montereale Valcellina）。

对于帕皮尼[1]，和日后的《声音》
团体，我一开始，或者压根儿
就不喜欢。在他们当中，我属于另一个种族。

十一[2]

参军后，我重新发现了自己。
我诚挚的缪斯诞生于军旅生涯。
在营房，在紧张的
操练中，在阴暗、逼仄的牢房。

我独自吟诵着有关自由的
十四行诗，通篇弥漫着一缕
刚刚提及的乡愁，
和那些盼望你回家的面孔。

丽娜，有一次，你曾这般

① 帕皮尼（Giovanni Papini，1881—1956年），意大利著名作家，诗人和散文家，曾是多家文学杂志的联合创始人，其中最为著名的当属《声音》（*La Voce*）。在最终皈依天主教，成为法西斯的支持者之前，帕皮尼曾先后是无政府主义和未来主义的坚定信徒。其一生创作数量巨大，并在20世纪20年代以《基督的生平》（*Storia di Cristo*）而声名鹊起。

② 1907—1908年，萨巴在萨莱诺服兵役，此段时间的经历参见诗集《军旅诗篇》（*Versi militari*）。

梦见我。向我诉说你的梦境
为此我曾将你的信儿亲吻。

“记得当水手的时候，你曾回家探亲，
你满怀激情地向我提起
那对我来说不可思议的生活！”

十二

我又一次恋爱了；身着
红披肩的丽娜，我生命中最激动人心的爱。
那偎依着我们成长的，蓝眼睛的
小女孩，出自她的子宫。

的里雅斯特，我的城市，丽娜，我的女人，
我为她们写下最真诚、大胆的
诗篇；时至今日，我的灵魂
还从未与她有过片刻分离。

我熟识其他种种人间之爱；
而为了丽娜，我宁肯剥离掉另
一生，心甘情愿重新开始。

我爱她是爱她痛苦的高度；
因她的痛苦面向全世界，从不矫饰，
她能够爱一切，唯独除了她自己。

十三

我的诗集，第一本诗集，出版时，
我和她在一起，没有丝毫的失望。
有些门从这里或那里向我
粗服薄裳的缪斯敞开了；

但是，没有人懂得在极度焦虑的心中
保留几分喜悦。
在那些年，我没有听到
任何蒙特贝洛的声音。①

在博洛尼亚，我和她重新走在一起，②

---

① 1910 年，萨巴偕妻子住在的里雅斯特的郊区——蒙特贝洛，此时，女儿丽努齐雅（Linuccia）出生。诗集《居所与乡村》(*Casa e Campagna*)，完成于这段时间。

② 1912 年，萨巴定居博洛尼亚。“声音书店”为其出版第二本诗集——《亲眼所见》(*Con i miei occhi*)，他还在此完成《宁静的绝望》(*La Serena Disperazione*) 中的大部分诗作。1910—1915 年，在和母亲无数次的争吵中，萨巴陷入极度的忧郁和孤独之中，并最终放弃了父姓，而选择了养母 Sabaz 的名字作为自己的笔名——Umberto Saba。

为那对我来说红色逼仄而又亲切的道路，
我吟诵起“宁静的失望”。

在米兰，不再愉快地梦想
艺术，我已能够
置身死去的人群之中思想。

十四

战争爆发时，我重新回到战场。
我是个坏诗人、好士兵：
我顶愿意这么说！我不似孩童
愿意接受虚假的赞美。

我赞美撒迦利亚，赞美尼诺①
和其他万众爱戴的英雄人物。
由于我贫乏的灵感
这些诗歌委实乏善可陈。

---

① 撒迦利亚（Zaccaria）和尼诺（Nino）均为犹太人所敬爱的英雄人物，这里用于代指出现在“一战”期间诗歌作品中的士兵的名字。

而在军营和野营地，我的思绪却
飞到了的里雅斯特的亲密好友，
飞到了乔尔乔·法诺和好心的奎多·沃盖拉那里。

好吧，我想欧洲已近黄昏；
而小时候，欧洲却似乎绽放着它
无比的光辉。

十五

一间古怪的旧书店 ①
开在的里雅斯特一条幽僻的街上。
流转的眼神为书架上
古老装帧变幻的金色而振奋。

一位诗人，生活在那寂静的气氛里。
面对死者活生生的碑铭
他完成了那有关爱之冥想的事业，

① 1919年，萨巴回到家乡的里雅斯特，购下一家书店，从此过着一边经营书店一边写作的生活。1921年，他自费出版了《歌集》(也是日后诗全集的名称)的第一版，印数500册，其他单行本诗集也在随后得以陆续出版。

真诚而愉悦，无名而孤独。

有朝一日，他愿为遁世的激情
粉碎而死；在钟爱的书页上
合上已所见太多的眼睛。

而那不属于他的时间
他的空间的，诗艺会为他描绘得
更为绚丽，歌儿会为他吟唱得更为甜美。

第十一辑

少女们

（1925）

少女们（选译）

二

因突如其来的私密的不适而病倒
她有着大大的黑眼睛。
幻想着经受汹涌的
永无休止的爱的攻击。

或许她还是处女，也许只是
她曾经的想法，认为那样很好。
或许在荒凉的大地上，
猛兽返回，杀死了她的儿子。

然而她这么美，带刺的花朵，

而如果不幸保持沉默，
它会以一个乖女孩的率真的笑容。
夺走你的安宁。

但是，如果她哭泣，场面会搞得你
心烦意乱，
而如果她张口你又会害怕：
她的嘴巴说着淆乱的话。

八

诞生于远古和绝望的人之中，
青春的花朵，
丽娜是没有双耳罐的
利百加[①]。她苍白的肤色迷人。

和她在一起，你感觉像是回到
自己的家里，就
像，卸下了岁月、

① 根据《圣经·创世记》记载，利百加（Rebecca）为亚伯拉罕之子以撒的妻子，为孪生兄弟以扫、雅各的母亲。“利百加”在希伯来语中的原意是“貌美迷人”、“讨人喜爱的”。

痛苦和宽恕的重担，

你的灵魂或许侵入了
谦卑那忧郁的梦想。
她的目光如此温柔，
以致你梦想着成为它们，以便更好地爱她。

你不知道她的脸是否，像看起来那样
每一次都是最美的；
但是，就像一头好骆驼那样
弯下双膝，你当敬慕。

十二

我不相信女人。这么做，
没有任何侮辱的意思，如果我说，
男人倘若有敌人
这敌人仍是女人。她在暗中

编织，憎恨生与死的
永恒之线，
那线带来了种种不幸的命运，

她的每一次讨价还价，最终都以

交媾和上床收尾。哦，然而
我依然何等地喜欢女孩子！
我的女孩子们，没有谁
冒犯我，她们几乎是另一个物种。

啊，生活对她们来说，依然只是
一场慷慨的游戏
与轻浮相连的她们
犹如众神，全都有那么点相似。

第十二辑

垂死的心

（1925—1930）

玻璃橱柜

我病了，躺在床上。眼睛
扫视着屋内四周。透过闪闪发亮的
玻璃，一件老家具召唤着它们，
所有的东西都摆放在那里。
白色的陶瓷餐具，上面，航船被
绘成蓝色，港口周围，人们
四下忙碌着。那里有些其他东西
以前曾在母亲家里，
而今我内疚和不安地看着它们，
有一天我看着它们如此欢喜，
以致有了重新占有的冲动。
它们中的每一个都召唤我回到
如此甜蜜的时光，那并非我的
时光，我尚未出生，尚
不必去死。不过，我的某些部分
在此之前已经出生，我今天的痛苦

一度就在我的祖先那里。在某个令我伤心的
奇怪的年头里，我对自己说：噢，何等
祥和！我出生前的世界；
我独自搅扰了这祥和。一个虚假的
梦；这是谵妄，友善的器物。

曾经，我何等爱你们，美丽的器物，
无论你们在玻璃橱柜里，还是
别的地方，阴影里，阳光下，哦，
丢下你们，我该是何等的怀念！黑暗里，
回到黎明子宫的黑暗里，
沉沉的睡梦里，那里没有什么是清醒的，
甚至爱也不是，甜蜜的折磨却是，
然而，我无法忍受这样的事实。在这
床上，我曾来自那亲切的黑暗
百般哭泣，在光线下，在那些
我的眼睛获得快乐的器物前。我不知道
还有哪个日子比你反对的更要命。
我的不幸只有恐惧，哦，那只是内在的不幸，
正如每个夜晚，当我关上灯，
沉沉睡意涌上我的双眼
睡意令人厌烦，我将头埋在

被子下面，从我自身我发现了一切，
我把一切蜷缩在我里面，现在我也愿意
这么做，对我而言，日子已不复存在！
一切冲着我微笑。连荣耀也走上
前来；尽管姗姗来迟，我依然感受得到它的吻。

神圣的十九世纪的，对我而言，
可爱的女儿们，来自遥远的
英吉利，我说的是你们，
彩绘的咖啡杯，我勤劳的先祖
用过的餐具，在那个
生命最尊贵、最合乎人性的时代，
比我的出生要早得多，我知道
你们的历史，对昔日保持虔敬之心的
诗人，向着旧物叩询它。
每个月都会有一艘船停泊在
这友好的运输港口，
载着数量众多的你们，就连乞丐
也像富人一样拥有个把。时代刚刚
供应了一场残酷的战争，海上仍
享有和平，却从未出现在人们的
心里。而今你们待在玻璃橱柜里

彼此同庚，简洁，功能
多样，外形美观。打量着你们
我不知道，在我的痛苦中，除了死亡
我还能祈求什么。不虚度人生，
我感到，比出生更为不幸。

欲望

——深切怀念画家维托里奥·波拉菲奥[①]

哦，古老的欲望
深深刺入，人类古老的
肉体！

幻觉，谎言，
虚荣之物
并非它自身，并非
它似乎披戴的形形色色的
外衣，尽管它们依然是一个
其中，天地万物自身所拥有的诸多甜蜜
肉体集之于一身。

---

① 维托里奥·波拉菲奥（Vittorio Bolaffio），意大利画家，诗人萨巴的挚友。1883 年出生于意大利东北部城市戈里齐亚（Gorizia），1910 年旅居巴黎期间，曾受到莫迪里阿尼、塞尚、修拉、马蒂斯等人的影响，1912 年曾乘船前往印度和远东。擅长肖像画，其作品擅长心理刻画，具有穿透力。1931 年因肺结核去世于的里雅斯特。

因为你，男人何等
谵妄，强烈的欲望！
在寂静无声的夜晚，你的声音
召唤他，起先是爱抚，
介乎念头和呵护之间，是无风
午后的一阵微风，迅即
化为雷声，震耳欲聋，所向披靡。
那抵达生命的黄昏之人，
伴随着争斗和痛苦，知道你是谁；
他认出了你，是为了逃避你，祈求
死亡；嗳噢，他想从你
那里拥有死亡，古老的
欲望！在它早经亵渎的
床榻之外，在厌恶中，在自己的
恐惧中突然跃起，自豪的
年轻人，内心，羞耻
压迫着他，而后是悔恨，就像整天如此。
但在这里，你依然掩饰着你地下的
奔跑，在无从逃脱
刺入古老的欲望
人类古老的肉体里预备你

致命的回归!

随他一道出生，他有能力
将你由自身推醒，
世间万事万物中，最多变的你，
最无动于衷的你，古老的欲望!
无所不在，你呈现奇异的外观，
或给自己遮上面纱，或命令自己保持
下流的裸体形式。
除了你，按照艺术的方式
说了些什么？除了你，
我掩盖了什么？揭示了什么？
没有你，就像是对我的感觉
忘恩负义，就像是对我崇高的精神
心怀怨恨，我极力逃脱的，
犹如一文不值的我，为了你
我极力追寻，令人沮丧的欲望。
我依然不能诅咒你，你是太多的
我自己，是我祖先的祖先，
子孙的子孙。
嗳噢，它是怎样的想要徒然地
背叛生命

在甜蜜的温文尔雅
长久的拥抱中说过，绝无仅有地说过
“是的”，你以极度的甜蜜
对此深信不疑，哦，人类
古老的肉体中深深刺入的
古老的欲望！

当秋天
每片叶子都染上
它鲜血的红色，使你的心焦躁不安
犹如一次紧急警告，古老的欲望。
你为失去的日子而懊悔，
为放弃的事业，
为本可发生
而未发生的事懊悔，
进入人的体内，易朽
如树叶
你产生战胜坟墓的
模糊渴望，哦，赋予生命的
欲望！经由哪些道路，
借助何样的计谋
你抵达于此，哦，你，我恶的

缘由，也是，对，我善的
缘由；因为你，而今我目睹
人来人往，
高耸的轮船起航，
广阔的大千世界因你
而变得单一，哦，人类
古老的肉体中深深刺入的
古老的欲望！

当春天
回归，气候
变暖，你攥紧我焦虑的心，
你使他在夜晚病倒。
冬天你蕴蓄着好色，夏天
炙热停滞在奇异的梦里。
有时，你在眼神和
言语中发出可怜的呻吟，
如同婴儿乞求亲吻时
表现出的软弱和孤独。
某人在年轻时
接纳你，而今，他感到在他的身上
你是某种别的东西，

想要——从背上
一下子把你抖落——
除掉黑暗
而非光明，白天迎着光明
来临，与你，古老的
欲望，深深地
扎入新的肉体。

有时和朋友在一起
我嘲弄你，孜孜不倦的欲望。
其中有一个跟我很亲密，悲伤中的
悲伤，看上去
最为生活所驯服。
我知道，从你那里他得到的
不是快乐，而是丧亲之哀。
他虔诚地伸出手，
因焦虑而颤抖，为画布上色。
他画下日光中的
帆影，鲜艳的形象
交织在一起，海滩和船舷上的
落日余晖，为一切披上
圣洁的光芒，源自他的心

并反射在其他的事物上。
他丝毫没有将你
放入他孩童般的艺术中，似乎
对你一无所知。而今，在漫长的失眠中，
那人，整个冬天
他的手不敢做出
手势，他还不老，却佝偻得
如同一个老人，他因你而生出梦想
那梦想日后使他
惮于聆听，哦，人类
古老的肉体因刺入的古老欲望
而备受折磨！

郊区

在这郊区的
街头，对我而言，新的事情
发生了。

就像一声徒然的
叹息
突然想撇下
我自己，过普通人的
生活，
像平凡
日子里的
普通人

我从未感受过如此强烈的
喜悦，也从未在生活中希冀过。
那次，我二十岁，患病

在身。对于郊区
崭新的街道而言，愿望，徒劳得
犹如它对我
发出的一声叹息。

在童年的甜蜜
时光里
我看到寥寥几栋迷途的
小房子爬上裸露的
山丘，
郊区耸立在人类热忱的
工作之上。在那里，
我第一次经受甜蜜而徒劳的愿望的
折磨
将我的生活浸入普通人热火朝天的
生活里面，
像平凡
日子里的
普通人

信所有人之
所信，说

话，而后去做
每个人打算做的事儿，它们，
像葡萄酒和面包，
像孩子和女人一样
是所有人的
价值。但是，角落里，
唉，我给愿望留下了，蓝色
的一线微光，
以便自我沉思，享受
不复是我自己
仅仅是如此这般之后
所获得的极度的喜悦：成为众人中的
一员。

生于晦暗的
遭际，
愿望希微，近乎一声
叹息。我重新找到
——失去的青春的
回音——在郊区沧桑变迁的
街道上
比我的变化还要大得多。高耸的房屋

墙壁上，
人和劳作之上，一切东西之上，
包裹终结之事的面纱
滑落。

如果环绕教堂的
草坪欠缺绿意
教堂就依然是黄色的。大海，
我在底部看到，仅有一艘船，
硕大，
静止不动，歪向一边。形状，
颜色，
我甜蜜、怯懦的叹息得以诞生的
生命，一个终结的
世界。形状，
颜色，
我创造的其他一切，只留下我自己，
和我艰难的
遭遇。死亡
等候我。

如花的岁月，

或将回到这个
郊区，或将回到另一个类似的
郊区。另一个人
将重温我的生活，
在青年时期极端的
劳累中，也将会要求，
希望，
将他的生活没入普通人的
生活，
一如众人
对他而言，他们看起来就像昔日
之日里的人们。

爱之歌

——某周日午饭后于电影院

我爱这周日的人群，
一旦出现一个空缺，就会向
自身回流，即将略略自我陶醉于
某种美利坚式的乐观主义。

因为它，我感到不能徒劳地活着，
感到依然爱着人类和生命。
泪水涌上双眼，
心中唱起一首歌曲：

“你说，你不记得那件橙色的毛衣，
和同样颜色的帽子
把她打扮得活像一只橙子？
你说，你不记得小埃尔纳了吗？”

小埃尔纳依然活着；
而且比那时候更活泼、更快乐。
我曾经相信她在别处，这里，我看到过
她并非孤身一人，有人相伴，让我感到不适。

“我——她曾经对我说——一度和姐姐
还有她的新郎在一起”。我从来没信过你的话。
呵，好心的，呵，亲爱的，呵，小骗子，
我从来没信过你的话。我不过假装相信你。

我们都曾有些不幸。当死去时，
你会承认这一点，心脏会恢复跳动。
但从未如此跳动，犹如当
你向他唱起诗篇《上帝怜我》。

我说过的难道不是很愉快、
很真实？我难道不是一个诗人？
不孤单吗？而在一起则会成为另一番
样子？会变得更好？而今这样于我又有何益？

若这周日的人群
于我毫不相干，于我便遥不可及，

我愿意是一面锣，毫不优雅地
敲响，回声徒然消失。

为母亲祈祷

母亲，我让她受了
罪，
（一只乌鸫在窗前鸣啭，白日
落幕，尖利的乃是苦难
我乞灵的双方都已死去）
母亲
昨日在被遗忘的坟墓里，今日重生于
眼前，
自水底几乎溢出了河
床，障碍抑制住冷酷的
力量，而一只灵活而鲁莽的手
又将她夺走；
预料中的喜悦，我感受
你的归来，我的母亲，我让她
受了罪，犹如一个深情的好儿子。

平静的你，在我内心，重复着古老的
徒然的告诫。你的停留，我视作一座葱绿的
花园，在那里，我可以重新以小孩子的灵魂与之交谈，
陶醉于你忧郁的面容，
是啊，你的翅翼遗落此地，犹如
灯下的飞蝶。那是一个梦，
忧郁的梦；我知道。但是，我愿意
抵达你曾抵达之地，进入你曾
进入之地
——我有着众多的
喜悦和疲惫！
——哦，母亲，让我
犹如来自诞生之地的污渍，
大地会重新将它吸收，使它消逝。

第十三辑

序曲和赋格曲

（1928—1929）

序曲和赋格曲

致戴丽雅・本考[①]
精致的文明之花
谨以此诗献给首次倾听
并理解它们的人，权表谢忱

序幕

哦，过去的声音又回到我的身边，
熟悉的不和谐的声音！
谁知道，在新的无比愉快的和弦中
我不会让你们再次产生共鸣？

① 戴丽雅・本考（Delia Benco），生卒年不详，活跃在的里雅斯特的女作家，曾出版青年读物《生物》一书（1926）。

曙光
遥不可及，夜晚降临。
痛苦为我留下
数小时的宁静；周围环绕着我和
多少他人的痛苦。
哦，回来吧
几乎被遗忘的声音！

或许这是最后一次，在心里
——我的心里——你们相互追寻。
正如双亲给了我两条生命，
而我把它们熔铸为一，我有这个能力，

你们
平静地将自己谱入辉煌的和弦里，
徒然的不和谐的声音。

光与影，欢乐与痛苦
在你们中间彼此相爱。
哦，回到我们身边
亲爱的过去的声音！

第一赋格曲[①]

（二声部）

生命，我的生命，有着
漆黑煤栈的悲伤，
我仍然在这条道路上眺望。我看到，
透过它敞开的大门，蔚蓝的
苍穹和海上的桅杆。我的内心
漆黑，一如那煤栈里头；人心
乃惩罚的洞穴。清晨的
天空很美，波光潋滟的
大海很美，我的心也很
美：一面镜子，映出所有
跳动的心。如果在我的眼里，如果没有
它，我看到的唯有绝望，
黑暗，和对死的渴求，
置身于眼前未知的
恐惧，所有与生俱来的甜蜜

---

① 该赋格曲以双声部对话体展开，在原诗中，诗人特别以正体、斜体两种文字加以标示，以下第三赋格曲、第八赋格曲皆同。此处为了突显原诗的对话风格，特将斜体部分以楷体表示，特此说明。

被夺走。死去的
叶子不会让我害怕，我视
人类如树叶。今天，你的眼睛，
看到了漆黑煤栈里的
天空和大海，与之相较，
双目更为明亮：记住，明天它们
就要闭上。而其他人将会睁开，
与我的相似，与你的相似。生命，
你的生命于你是亲切的，那是一个冗长的错误，
（仅仅是一场短暂的、镀金的幻觉！）
而你深受其罪。正如
我为它受罪，我也让其他人为之受罪：人，
温顺而疲倦；因闲暇或事务
到四周溜达，我
在他们当中，他们在我和启示
我们的日子当中。你能依然沉浸于
童话中吗？我痛苦；我的痛苦，
它独自，存在。还算湛蓝的
天空，今天和大海相融为一，海上
古老的风帆和停泊的船只，
漆黑的煤栈，

画面，宛若偶然，为痛苦
镶上反差悬殊的美妙的画框，
和你身上最甜蜜的事，
你听到——燃烧的快乐——而你不说些什么？
我太怕失去它们；为此
我呼喊尚未降生的快乐。未降生的
不存在，死去的不存在，存在的唯有
永生的生命；罪恶
消失，美善存留。我的美善
失去了；正如我的罪恶，只是失去得
更迅疾；它什么也没留给我。闭嘴，
不要说亵渎的话。你也闭嘴，
你这来自我的声音已出生，其余时代的
声音寂然宁静；如果可以的话，你闭嘴；
就让我们把我的生活比作
——阴郁的压抑之物——黑色的
拱顶，下面坐着一位男子，
直到白日西沉，他看不到
蔚蓝的大海——哦，你曾多么试图，
说出，你内心的甜蜜——和头上的天空。

第三赋格曲
（二声部）

我犹如在一个宜人的花园里起身
水的游戏；
我喜欢，在一个时代，在一个最为宁静
的时代。

太阳在水滴和四处播撒的
风之间寻开心；
它曾是心爱的人，心爱的人而今已熄灭了
一日

小溪边，草坪像绿色的四月
欣欣向荣。
谁知道，整个世界是否是一个模拟的
屠宰场，

怎么才能在绿色的草地上欢欣鼓舞
在短暂的四月？
如果你在失明和卑鄙的痛苦中迷失

自己，

我将为你身着黑衣，
而忧戚。
我的悲伤不会妨碍你赢得
损害。

听，温柔的回音，听那尾随而至的
真相，
抵达我所有最阴郁想法的
尽头。

我知道，除了痛苦，生命
不仅仅是一件好事。
那么，我将说出焦虑、愤怒、
痛苦；

它们是你的回声，在我，则是
你平安的秘诀。
我向你重述你的思想
而非沉默。

第六赋格曲
（三声部）

1）青年时代，我不知道还有
什么比爱情，
比两个陷入快乐的热狂中的恋人，
比一个死在另一个怀里更加甜蜜

我不知道还有比那美好的
缺席更大的痛苦，
除了两只赤裸而白皙的臂膀
我未曾身披其他的枷锁，

他们疲惫地瘫倒在地
这是一段时间，这是一个短暂的和平。
而后，他的嘴巴哑默，
嘴巴里所能告诉我的全部唯有：依然。

玫瑰色的曙光在天空显露，
她带来了寂静，
再度鼓励我们去享受

　　唯一伟大的事。

2）我不知道还有什么比爱情更加
甜蜜。但比你更精明，
　　更炽热的，是另一个
我感到生来就要受苦之事。

　　我的愉悦不是快乐，
　　而是爱的折磨；
　　我把它关进胸口，
它的形象在形形色色的我里。

　　我孤独地穿越
　　群山和草原，
　　以被禁锢的双眼
亲切的面孔，神秘的手势。

　　我远离人类：
　　害怕猛然亵渎
　　心中那
甜蜜的事。

3）我不知道有什么比关照自我
更加甜蜜。我为之燃烧的
纯洁的爱，自心底
诞生，一切都向着她回归。

　　当夜幕降临，当黎明显现
　　我心满意足地成为我自己。
　　这是我孜孜不倦的呵护
只为单单装饰我自己。

　　我的声音飞向高处，
　　落到低处；邪恶和善良
　　一切皆为纯洁，当我的
　　瞳孔变蓝，

　　像安静的水，
　　披戴着黄昏的颜色，
　　映出山峦，海岸，
生者，他们的种种。

1）我不知道还有什么比我
隐蔽的家园更加亲切，

那里，一切都宣告一小时，
那里，一切都将它记取。

里面犹如耳聋的坟墓，
　隔离了噪声；
日子故意折射出
彩绘的玻璃的光辉。

坟墓的东边，有一部分
供我做长久的休憩；
有广阔而幽深的床榻
供欢悦的嬉戏。

世上所有的美丽
摄取、诱惑你的眼睛
那里，你看得到唯一的
伟业所带来的收获。

2）我不知道还有什么比我的
小小房间更加亲切，
在我眼里总是满心欢喜
　赤裸一如囚牢。

对我，对我的生命而言，
唯有少数之物谓之良善。
生命的喧嚣
听得到，是的，但却遥远。

世上的一切都是徒劳的，
难以持久，难以更新，
在那里重获友好的空间
睫毛里何样的纤尘。

那里，我简陋的床榻容身一曲歌中，
简直是一名勇士的床。
与我同榻的乃是我的思想，
我唯一的伟业。

3）我不知道更加亲切之事，
也不知道我所中意的其他居所，
它在我的平安中漂泊，
犹如浩瀚天空中的云朵。

于我，它总是同一个，是真实的负荷，

没有欲望伤害我；
我也能够爱恋任何爱我的人，
给予他我的火焰。

现在，你们听得到我吗？稍后
谁将收到我的祝福？
也许是一位跌至屈辱
尽头的悲惨者。

一份满全和就绪的恩典
冲击着他的内心；
在唯一的伟业中
他的痛苦容光焕发。

1）我不知道有什么比
青春之爱更加甜蜜；
尽管，有人说，有一种狂喜
还要高乎其上。

于我，唯有借助某种美丽的
形式，方能满足一切愿望，
但是，对于那感到需要的人

则酷似一位神祇。

不是女孩，不是情人
——鲜活的秋日硕果——
对他而言，甜蜜值得你
屈从于她的命运。

在怠惰者和敌视者之间
他中断了行程。
对于你青春的梦想
我不晓得更大的事。

2）我不晓得比
做内在自由的
选民更大的事，
他服从其他的征兆。

只有幸福未曾由此
抵达他的身边。
他悲伤的存在没有欺骗你，
他的面容没有欺骗你。

种种磨难间，诸般焦虑中
隐秘天堂的
门扉只冲他，只冲
他的命运打开。

那里没有行凶者，也没有凶杀，
没有混乱的疯癫。
自忧郁的青春开始
我不复晓得快乐之事。

3）我不晓得有比我安享的
宁静更令人喜悦的了。
尽管我听得到你们在交谈，
说着谵妄的言语，

我愿意将我的平安
给予你们，哦，我可以！
但是，来自让渡的限制
哦，亲爱的，导致无从给予。

疯狂的爱，愤怒的骄傲，
天堂临不到我的头上。

若要吻我的唇
对一个凡人来说该算合法，

尝试一种意义，冰霜
或许是死亡的意义：
在我内心，天空多么湛蓝，
在我内心，爱的燃烧多么炽烈。

1）我不晓得还有什么爱比
对这片土地的热爱更加炽热，
当内心里整个山峦
拥抱它的追随者。

正如苹果之于我的味觉
有蜂蜜和酸涩的味道；
倘若苦涩被混合
那是因为我从未满足。

如果你颂扬折磨，如果你
颂扬损毁，请为我准备，
哪件我曾有过的事，比我
唯一支配的事更加亲切？

然而，我环顾四周，我依然
看到大地上其他的
折磨和哀悼，那里，每个人都在
向着炽热爱情的果实啃啮。

2）我不晓得还有比对生命的爱
更加盲目的爱。
在我偏僻的房间，
踯躅独行，

整夜被唯一而多重的
谵妄所占据，
多少次，多少次我的内心
升起离开它的想法！

你是幸福的，倘若你能给予它
你那笼罩在重重危险里的爱；
谁自豪地抛弃它，
谁就会更加幸福，非比寻常的幸福；

谁像抛手套一般将它抛给

漠然的命运。
啊，为什么青春
自身含有对死亡的爱恋？

3）我对这爱一无所知，
我对这死一无所知：
给予我快乐的命运是
不可改变的。

其他人活，其他人死
我的想法并未诞生。
或许梦中的一颗灵魂
乐于创造我。

或许梦中一颗如此美丽的
灵魂曾将我创造，
受善奴役的头脑，
以我蔚蓝的瞳孔，

像一汪宁静的水
镜照一切，无所冒犯。
啊，为什么你们当中，让我生出

　　对其他事物的渴望？

1）我不晓得还有什么比当下
更为甜蜜。在久远的日子
我也曾迷失于无知的
欲求，而今不复如此。

　　我渴望善，仅此而已，
　　人类可以享有。
　　我喜欢看到美的形状，
我更喜欢拥有它们。

　　美钟情于我，
　　优雅束缚了我；
如果这个并不缺乏
我不会遭受别的痛苦。

　　忧郁的青春期
　　我放弃徒劳的梦想。
　　成为众人中的一人，
我不复晓得何为甜蜜之事。

2）我不复晓得何为甜蜜之事，
也不晓得何为苦涩，对于那缺乏之人。
眼下我勉强活着，
目睹的比他人无视的更多

无人相信的财富
令我的念头心满意足。
身无分文，整个世界
将我变成一座墓地。

我全部的快乐已熄灭，
你为之癫狂的正当的快乐。
或许，我指责他人的梦想
过于卑微，过于崇高？

嗳噢，一边梦想一边自我解脱；
我有无眠的黑夜和空虚的白昼。
成为众人中的一人，
不，不复有甜蜜之事。

3）我不知道还有什么比使我
　　成为你们中的一员更为甜蜜，

　　哪怕仅仅一个小时；但之后
我可以回到我的平安之中吗？

　　之后我仍然可以
　　独自装饰我自己？
　　消失的喜悦
有谁知可否重新获得？

　　看见而没有被发现的我，
　　若能承受渴望的
　　折磨，也许我愿意在此
更长久地中止航程。

　　也许有人听到
　　我唇上虚荣的音调：
　　成为众人中的一员
在我看来是一件甜蜜的事。

1）我不知道比甜蜜的
　　青春更甜蜜者。
　　直到风爱抚她
面颊上，哦，小小的刺痛。

若加诸于她至高的
荣耀是你带给自己的善。
而我，听到它的回声就足够了
长久地啜饮言语。

青春只向我表示
转瞬即逝的遗憾。
在我心里，除了这个，
再无其他活生生的痛苦。

用爱来忘却它
也在魔法中学习。
如此短暂之物，你怎么可以
在哭泣中伤心？

2）我不晓得还有什么比甜蜜的
青春更加短暂。
或许，我更欣赏
业已抵达暮年之人。

我不听虚假

荣耀的谄媚。
倘若其他人都假扮美丽的少女，
她的魅力会在我的身上灭绝。

我只爱那被紧缚的囚禁者，
在秘密的恐惧中，
可以拥有比承受鲜血淋淋的
击打之人更快乐的灵魂。

哭泣打湿了他的面颊，
怪异的狂喜在内心滋生。
对他而言，青春考验
他的恩典甚而至于折磨。

3）我不否认你的折磨，
也不憎恨你的快乐；
我不知道，我的思想如何
迷失在你们之中。

因着你向我显露的信仰，
你属于快乐，属于痛苦，
如果我的心是致命的

我多么想把它给你们！

　　虽然我兴高采烈地凝视你们，
　　倾听你们对我而言弥足珍贵。
　　为了你们，我磨砺罕见的天资，
钻石的美德；

　　美丽的黄色，红色，蓝色，
　　当闪耀在一缕阳光下，
　　天然的光辉千百倍地增长；
　　我不晓得更为甜蜜之事。

1）我不晓得还有什么比聆听你
更加甜蜜，清澈的声音。
　　然而，如果没有什么可以伤害你，
那么，就请满足我之所求。

　　我倾听你，却看不到你
　　隐匿者，你是女孩子吗？
　　倘若你是，就从你空中的
　　摇篮降临我的呼求。

我渴望目睹你的面庞，
没有她，白日将变得幽暗。
我想象你魅力非凡
犹如聆听你时你的甜蜜温柔。

我愿吻你的嘴，
你一无所知的温柔。
一份热烈换作两份，
我不复晓得何为甜蜜。

2）我不复晓得何为甜蜜，
不复晓得何为空虚，漂泊的朋友。
一位天使开口说话，一个情人
在他身上推搡你的心愿。

哦，他向你鞠躬，而非冲我，
我只渴望倾听你。
你来自哪里，去往
何方，我请求你说出。

我不会搂你在怀
一缕致命的、空虚的火焰。

但他依然在此居留片刻
同我们一道，在天地之间。

或许我渴望徒劳地凝视你？
你没有身体，没有面孔；
你或许仅仅是一抹微笑。
说吧，朋友，哦，接着说下去！

3）接着说吧，可爱的你，
如果你依然渴望倾听我。
或许，在你的梦里
此刻之前我从未抵达？

何时晨曦乍现于天空？
在这些称之为有福的
守灵夜，他掩饰着
他的恶心，厌恶。

我诞生于他的厌恶，
我诞生于你的折磨，
我感觉有多活泼，
你们就有多爱我的生活。

倘若你们保持缄默，我也就，
看吧，消融于空中；
我同你们一道自由地进化，
也同你们一道自由地死去。

第八赋格曲
（二声部）

我是刚刚出炉的传单，
使年轻人的心肠柔软。
我是首次鸣笛起航的
轮船喷涂的新漆。

感动我的甜蜜被剥夺，
若非向晚的微风。
我忧伤地离开你，人潮汹涌的海滨，
那里，与它一起，我也曾备受爱慕。

哦，我可以追随你！ 哦，有福的你
“你当”留下！而你，可以，
不离开吗？ 我不知道。我在等待，

目睹重大之事，就像年轻的见习水手

之于他的首次考核，在我的枝条
相连的顶端，我向你致敬。
我，倘若我回来，我要告诉你别的东西，
那是我曾看到的，出身高贵的叶子。

第一谢幕词

人群被洪流淹没，
而我同他们一起，依然
挺得起头颅？依然
听得到？一切尚未全然消逝？

第二谢幕词

呵，我的心，生来便一分为二，
使其合二为一经受了多少痛苦！
掩盖一道深渊需要多少玫瑰！

第十四辑

小贝托

（1929—1930）

给乳母的三首诗

——致艾多阿尔德·维斯①

一

女儿
搂着我的脖颈，赤裸的脖颈；
伴着她的爱抚我沉入睡梦。

化身
坠落大海的木头随波
逐流。我喘息着抵近
海岸，又被波浪带向远方。
噢，我感到抗争是何等徒劳！

---

① 艾多阿尔多·维斯（Edoardo Weiss，1889—1970），出生于的里雅斯特的犹太裔意大利精神分析学家，弗洛伊德的弟子，“二战”时逃到美国而免遭大屠杀之祸。

噢，因为胸中的柔情，我的心
何等虚弱！

我停泊在她的怀抱，那依然喊我
贝托的人，停泊在最初的，慈爱的怀抱，
停泊在童年绿色的天堂。

二

无眠
直至黎明即起。我老迈的乳母
该当何为？我还可以
在她的小店里找到她吗？
如果活着的话，她会过得怎样？但有一次
我冲向她，以一颗焦急的心。

就是她：她还活着；历经诸多沧桑和
光阴后依然站立。看我时，一抹微笑
熠熠生辉，面容依然美丽，
对我来说，神秘莫测。此刻为她
而打开。一位赤脚的男孩跑去
帮助她，带有土生土长的山丘

全部的印记，他轻盈地
弯下腰，升起卷帘门。

在玫瑰色的天空，和大地上清新的
早晨，我曾常常发现她。对她来说
我也是那时的样子。那个孩子就是我
曾自发地跑去帮她；我的形
象，一个消逝的我的形象……

三

……孩子的
哭声自楼梯上升起。那起身
离去的女人也在哭泣。一颗心
永远破碎在那一刻。

而今
四十年过去了。

婴儿
如今成了一个男人，几乎是一个老人，众多
善与恶的能手。翁贝托·萨巴

就是那个婴儿。而在寻找平安中，
前去与他的乳母交谈；
而她也难过于他的离去，
不愿他离开。那时，世界
对他来说是可疑的，总是充满
（或者至少在他看来）敌意。

墙上挂着一面古老的摆钟
因此，发出的声音也几乎是死的。
乳母的丈夫在开心的时刻
调校它；对他来说，在适当的时机
调校它是弥足珍贵的安慰。他也喜欢
在晚上开着灯，喜欢和她
腻在一起，知道她对他说：

“不早了。回你妻子那儿去吧，贝托。”

廉价餐馆

对保留了这些亲爱之物的
生命无限的感激；
欢乐的海洋，我的灵魂！

哦，一切是怎样的各居其位！
哦，一切是怎样的各安其位！
极度的贫困中也有拯救。
黄色玉米粥的美
经由眼睛感动我；出于更为神秘的
魅力，心灵升向一个人类
可以感知的极限。
如果可以的话，我愿死在这里，
某种本能促使我来到这里。两个泥瓦工
在我身旁无动于衷地用晚餐；
一个老人吃着饭，无酒
佐餐，他全然陷入沉思，陶醉于

甜蜜、舒适的温暖之中，像母亲子宫里
即将出生的婴儿。他或许
像我可怜的、四处漂泊的父亲，
常受着我母亲的诅咒；一个孩子
惊愕地听着。我感到
我的起源临近了；我感到
如果我没弄错的话，回到了我的某个地方；

回到民族的死亡之所，那里，是我出生的地方。

英勇

看呐，硝烟，
来自山区
再见了爸爸和妈妈，
该我去当兵从戎。

在我尚武的童年时代
猎枪和鼓是我的玩具；
像其他的童话一样，我喜欢听
应征入伍者的歌曲。

当
母亲要我和她在一起，从旁
守护我，恐惧就临到我的头上。乳母
来探访我们，再也看不到我穿
当兵的服装。从母亲
那里我听到刺耳的警告；她生活的

境况，痛苦且令人悲伤。

那个曾穿着天蓝色袜子的男孩，
从充满无声的责备的眼睛，
对母亲善良而深情。此后
不再有猎枪和鼓。我把它们掩藏在
心里；但在内心深处
它们曾是某个日子的战争诗；
今天则成了另一回事：美好的想法，
或许，是为了我留在这么多活生生的折磨里。

第十五辑

话语

（1933—1934）

话语

话语，
那里，人类的心映照出
——赤裸而惊异——它们原初的样子；世上
一位盲天使，绿洲满怀慈悲
以我的眼泪擦拭让你们
丧失理智的谎言。堆积
在一起的可怕的记忆
该会溶解，犹如阳光下的雪。

雪

雪自高处纷飞，将万物
笼罩在一袭沉默的披风之下，
一个哀伤的造物
我看到，因你而微笑；一道愉悦的
闪电照亮了忧郁的脸庞，
在我的眼中，犹如发现了一座宝库。

雪自高处落下，覆盖了我们，
无尽地覆盖我们。将城市
和房屋，教堂，港口和轮船；
变成白茫茫一片；使广阔的
草地，大海封冻；使大地
——你庄严、贞洁——成为一颗熄灭的行星，
死亡巨大的宁静。它会如此这般
停留在一个无尽的时代，
一个漫长转变的世纪。

苏醒，
想到苏醒，我们两个孤单单地，在
如此的荒凉里。

　　天空

天使吹响了号角，心中尖锐的
撕裂的怀旧，重新激起了
模糊的记忆，爱的哭泣。

灰烬

朽亡之物的灰烬，消失的不幸的灰烬，
难以言传的相遇的灰烬，缄口的叹息
的灰烬；

你们
强烈的火焰围困我，犹如
重重焦虑中我靠近睡意的
门槛；

靠近梦，
连同缠绕着婴儿和母亲的
温柔而令人激动的联结，我溶化在
你们，灰烬中。

焦虑
在路口伏击，我缴械投降。犹如

一位真福在通往天堂的路上，
我登上阶梯，停留在一道门前
我曾在其他的时间摁响过门铃。时间
戛然而止。
我感到
连同衣服和其时的灵魂，
身处闪电的光芒之中；一阵喜悦
急速旋转击打着我的心脏，
犹如末日。
但我没有叫喊。
沉默着
向阴影无边的帝国进发。

春天

春天，我不喜欢你，我想
告诉你，当我转过大街的拐角
你的预兆利刃般
刺伤了我，大地上，裸露枝条的
阴影依然瘦削，赤裸的大地
依然搞得我心绪不宁，似乎我也可以
也非得
重生。对于你的临近
坟墓似乎也不再安全，古老的
春天，你比任何季节都
残酷地复苏和杀戮。

分别

命运慢慢地转变，自某一刻
跌落。
　　而他不得不撇下你，
我的城市如是陡峭，如是迷人，
那里，灰色的街道尽头是天蓝色的
大海。
　　我将向你粗暴的
恩典致意，我们早已是故旧，
也将亲吻石头——冰冷的心——；
正如小男孩伏在心碎的胸口
哭泣，为了那永久的分别。

边界

我的同伴和我聊了许久
压抑、悲伤的话题，压在心上
重得像块石头；理还乱的纠结的
不幸，没有手能予以舒解，包括我的手。
　　　　　　　　　　　　　　　家中的
一只麻雀，在对面的屋檐上
停留片刻，在日光下熠熠夺目，返回
头顶上方的蔚蓝色天空。
　　　　　　　　　　　　　　　呵众福
中的有福者。它拥有翅翼，无视
我隐密的折磨，我生之为人的
痛苦已抵达边界：对于他爱的人
他无从给予任何的帮助。

尤利西斯（一）

哦，你是如此悲伤，怀着对恐怖的
预感——迈向衰微的尤利西斯——在你的
灵魂深处，没有任何欲望激发你
对于一个
苍白的
爱恋你的覆舟的女梦魇者的
柔情？

关于足球赛的五首诗

一、地方球队

我也在众人中向你们致意，红色
之戟们[①]，

被故土
掷出，被全体人民
爱戴。

我急切地关注你们的比赛。
伴随着
比赛，无以言表的古老的

① 萨巴所在城市的里雅斯特的足球队为红色之戟队；该城的象征为戟状百合花（Gilgio Alabardato）。

精彩
在绿茵之上，在空中，在冬日
明彻的光线中。

焦虑
使头发骤然变白，
我离你们如此遥远！荣耀
会发出短暂的
微笑：优异者排成队列。你们相互
奔跑、拥抱，快乐的姿势。
你们还年轻，你为母亲而活；
风为你们带去它的守护。正是为此
诗人也爱你们，迥异于
他人——却是同样的感动。

二、三个时刻

跑步出场，来到场地中间，首先
向看台上致敬。然后，
那而后发生的
你们转向另一边，转向
更黑压压的拥挤，不需要

说些什么，不需要有什么名义。

守门员蹦上跳下，活像
哨兵。危险
依然遥远。
但是，如果一群人靠近，哦，一头
那么年轻的猛兽蹲伏着
并发出注意间谍的警报。

欢庆在空中，欢庆在大街小巷。
如果只是片刻，有什么关系？
没有进犯越过球门，
烟火般的喊叫中狭路相逢。
你们的荣耀，十一个小伙子，
犹如一条爱河，装饰了的里雅斯特。

三、第十三场比赛

台阶上，一队瘦削的人
自顾自激动起来。
　　　　　　　　　　　　　　　　当
太阳，无限的光环，在房子

后面，减弱了它的眩光，场地
使夜的预感变得清晰起来。
红色球衣们跑来跑去，
白色球衣，在一道奇异的
彩虹色光线中变得透明。风
带偏了球，运气
重新为眼睛蒙上布条。

喜欢
如此少许冻僵的人
凝聚在一起，
就像山上最后一拨人
在那里观瞧最后一场比赛。

四、体育场的孩子们

孩子
喊的声音是小公鸡；随着那嗓音，
尖锐地切开任性的爱和悲伤。

在场地的边缘，一面孤独的
旗帜挥舞在矮墙上。

墙上，孩子们站着，在中场休息时，喊出
比赛中亲爱的名字，
一个接一个，像箭。快乐的形象
活在我心里；晚上。把我乳臭未干的
日子嫁给了一段记忆。

过于趾高气扬令人憎恨
它们穿过球员脚下。
人们，而非那些不成熟的人，看到了一切。

五、目标

守门员防守时阵亡了
最后的徒劳，掩面
触地，不去看苦涩的光亮。
跪在地上的同伴劝导他，
又是婉言，又是用手，扶他起来，
发现他的眼里满含泪水。

人群——全都如醉如狂——宛如足球场上的
泄洪道。站在胜利的球员附近，
兄弟们的手搂着他的脖子。

很少有像这般美丽的时刻，
消耗了多少恨，付出了多少
爱，在天空下，明明可见。

在未受侵犯的球网边上，守门员
——另一方的——逗留在那儿。但是，他的灵魂，
并没有和那孤独自处的人在一起。
他的喜悦翻了个筋斗，
向远处送去飞吻。
欢庆——他说——也有我的一份。

冬天

夜里，毁灭性的冬天。你
稍稍撩开窗帘，凝视。你野性的
长发颤抖着，欢乐
突然使你黑色的眸子放大；

你所看到的——是世界尽头
的景象——它安慰着你
隐密的心脏，让它变得滚烫而满足。

一个人冒险穿过结冰的
湖面，在一盏扭曲的灯下。

幸福

贪婪的青春的重量
本能地压在肩上。
支撑不住。忧伤地哭泣。

流浪，逃避，诗歌，
亲爱的奇迹姗姗来迟！姗姗来迟
气氛完美，脚步
飘飘。
今日强过昨日，
虽说还算不上幸福。

担起一日的善行
便会看到无谓的痛苦从他的
脸上散开，像一缕烟。

三座城市

一、米兰

在你的石头和雾霭之间
度假。我休憩在多莫
广场。每个夜晚
不是星星
而是话语将这里点亮。

生命中的休憩无一如
生命一般。

二、都灵

我将再度回到你亲切的群山
环绕之中，回到那绵长的犹如钟声的
条条大街上。而后，我会在一阵奇怪的寂静中迅速逃离聚会的场所和朋友们。
但我会去寻找军人萨拉玛诺[①]，
说起话来最为严厉，履行职责
最为坚决，在他的身上，映照出你的品德。

我将寻觅他渐渐老去的作坊。

三、佛罗伦萨

为了拥抱诗人蒙塔莱
——他的忧伤就是他的慷慨——我来到
一度善待我的城市。仿佛
脚踩的每一块石头都是
我的心，往昔岁月的
不幸。但是，我丝毫不感到痛惜。另一个时代
——另一个群星璀璨——诞生了。

① 萨拉玛诺，原名 Alessandro Salamano，出生于都灵，1921 年因作风勇敢而获得荣誉勋章。当时，一枚炸弹因事故落在训练的士兵们当中，他为了抢救别人而献出了自己的生命。

乳母

女士，我凝视着你雪白的头发
为之加冕的面容，比你卡尔索[①]的石堆
更为粗粝，皱纹的
雕凿，一如大地上的犁沟。
我知道我正在等待奇迹，刹那间，
解除嘴唇上的威胁，
填平犁沟，使灰色的眼睛焕发神采，
哦，我的喜悦之母，哦，我当以
镀金的欢快报答你，好让我的诗篇
为之着色，荣耀今日为你加冕，
你未曾察觉，一如（未曾察觉）你的白发。

---

① 卡尔索（Carso），一译喀斯特，斯洛文尼亚语为 Kras，为位于今斯洛文尼亚西南部、延伸至意大利东北部的高原地区。该地盛产石灰岩，具有典型的石灰岩地貌，世界各地与此地相似的石灰岩地形由此命名为喀斯特地貌。文中所指为萨巴乳母出生、生活的地方。

“水果蔬菜”

蔬菜，水果，当季美丽的
颜色。几个筐子里，香甜生鲜的
果肉露在外面，令人垂涎。

进来一个男孩，赤着腿
急切地逃走。
简陋的
小店变得黯淡，老旧得如同
一位母亲。
外面，他在阳光下
走远，连同自己轻盈的，影子。

女人

你年轻
时，浑身带刺，
像灌木丛中的一株黑莓。连脚
都是你的武器。哦，野丫头。

昔日你难以相处。
而今依然
年轻，依然
美丽。岁月的
标记，痛苦的标记，联结着
我们的灵魂。塑造成某一个灵魂。我的
手指卷绕着脑后
乌黑的头发，我不再惧怕空白
尖锐、恶魔般的听觉。

湖

群峰环绕的小小湖泊——白天
畏热的牛群在你的湖边饮水；
夜里你映照着群星——今天，
我在一阵战栗中感到你的清澈。

青春爱恋着青春。
两个少年一度光临此地。
他们一道发现了你寒冷的眸子

第十六辑

终末之事

（1935—1943）

嘴巴

起初
探进我唇间的
嘴，晨曦中的玫瑰，
而今
香味犹未折损于沉沉思绪。

哦，少女的嘴，亲爱的嘴，
说着冒失的言语，你如此
甜美，堪值一吻。

孤独

独自一人。无人聆听，
朋友四散，每一声呼唤
都是徒劳。
仇恨像冰柱般闪烁着光芒，我想
今晚我将遇到深爱的你。

我思忖着，哪些东西在阳光下
清晰夺目，哪些东西在阴影下掩藏，
我静静地和自己说过哪些话，
又说错了哪些。

当幕布一度拉开

当童年世界的幕布一度
拉开，犹如去赶赴
一场应许的佳节。惊艳
纷至沓来；
没有任何概念性的希望
对我有益，伴随记忆而来的，还有一滴眼泪，
一声孤独的叹息。但是，我拥有，
年轻的女友，你鲜见的吻，
而我们对自身的怜悯则让人感到空虚。

这便是曾经的生活：一口苦酒。

死去的朋友

死去的朋友重新活在你的身体里，
还有那死去的季节。你的存在
该是个奇迹；而另一个要胜过它：
在你内心重获的是一段我的岁月。

我徘徊在一个已不存在的
国度，如此遥远，被生活的意志
所埋葬。而这
是好是坏，我无从知晓，那些你带给我的。

自断崖

自孤寂的断崖跳入
大海——今天，斜斜地击打
绿色和多沫的城市——的里雅斯特
白色的全景尽收眼底。

你早已认识——你说——这些
我的街道，人们在那里晤面，至多，一位女士
焦急地走在悠长的上坡路上，一个男孩子
如果北风袭击你，会让一切长上
翅膀，为你飞翔。而后
偃旗息鼓，从你旁边傲慢地经过。

我曾爱过整个世界，并为之鞠躬
尽瘁，对你来说，唯有今天它才重新复活。

夏夜

在我接纳睡梦的床上，听得到
附近屋子里亲昵的声音。
窗子开处，一盏灯明亮，
而缥缈，在小丘之巅，不为人知的地方。

这里，我把你紧贴在心上，我的爱，
而今，对我来说，已死得地老天荒。

康特维罗 ①

一名男子浇灌田地。而后迈步
走下陡峭的山阶，
似乎，一抬脚，就立马
踩空。下面是一望无际的大海。

再度现身。依然奔波于
灰色大地的碎片，多石的
地面，满布荆棘。坐在
酒馆里，我啜饮这苦涩的酒。

① 康特维罗（contovello），的里雅斯特市的一个区。

窗户

瓦片苦难的色调之上，天空
空空如也。后面，小丘
母性的线条；下方的悬崖
鸽子从剧院的楣檐上
落下；一棵树儿
绽绿，从些许贫瘠的土地上；
雕像引来飞禽落在里拉琴上；
孩子们疯喊着
漫跑。

二月的黄昏

月儿初露端倪。
　　　　　　大街上依然是
白昼，一个匆匆降临的黄昏。
联结冷漠的青春；
迷失在可怜的终途。
　　　　　　最终，
助佑生活的，是死亡的意识。

曾经

曾经，暗影隐约的炉灶；周围
摆放着铜质器皿。母亲
俯身灶上，手拉风箱，
火星迸闪。

桌子正中，曾经
老人将那贮备之物倾倒
擀面杖将柔软的面团
撑成一个圆。

曾经，那漆成绿色的鸡笼，
曾经，那母鸡悠闲地扒土。
两只木桶上面，满盈盈地
映着物体。

曾经，那为人厌弃的孩童。

他的向往伴随着炉灶上
扬起的火星。而有些
看哪！还在那儿停留。

肖像

放下镜子，别像个小女孩那样
张望镜中的自己。对女人而言，
那是身体的灯；对你而言，灵魂更有价值。

温柔，你抵制对于恶的天真，
令你的目光充满仁慈。而一缕
头发，略略将它垂向一边，
是你自己，表达骄傲的方式，

正如在一座完工的房子的顶部
旗子
无拘无束，急切地朝向风。

港口

……为了忘记她，我依然游荡于
港口，犹如一个黎凡特人。
——《的里雅斯特和一位女士》

这里，初出茅庐的抄写员记下
重量，汗流浃背的雇工
于负荷下弓背，鱼贯着
自码头到船舷之间颤悠悠的
楼梯上爬上爬下，生活的
念头受困于辱骂和咆哮，
但只有一个对我是有害的。

我曾寻找过那个明媚的角落。
在葡萄藤架的阴影里，我的城市
有诸多的不安。它迫使我

与其隔绝，与诗歌
共处，自它的恶中获取某种善。

我依然希冀严酷天气里的避难所。
看哪：找到它是一个奇迹。
一切，如果我祈求，我就可以拥有，除了
我的心、我的样子和时光

一夜

恰如其他的夜晚，睡意袭来，
渗入我的思绪。
　　　　　　　　　说起来，
就像一名洗衣妇拧一匹粗呢，新的
苦痛拧着我的心。我想要
呐喊，但我不能。折磨，
遭受一次，就让你无言。

唉，自己失去的，唯有自己知道。

火车上

我注视着那些光秃秃的树，荒芜的
乡村，冬天的色彩。我想到
已离你而去，离你而去不过片刻。
夜晚降临，如同玫瑰色的火
落在成片的屋顶上，映在畜群上；火车
疯一般奔驰，吓跑了
几头年幼的牲口和色彩缤纷
的母鸡。

我的心备受折磨，就像它
再也不能跳动在你的胸膛。所有
别的痛苦都因此而沉默。艰难的
人生刚刚经受了诸多不幸。

而你的变化迎合着你的原则，
我的遗憾惟有徒然。

斐德拉

刮起来了，凛人的布拉风。明日
雪将飘落，道路将淹白
女友们常沿此拾阶而上你的家
小丘之巅的家，多么遥远。青松
点缀之间，广阔的山谷再次
将无数的落叶染了颜色，你始终
钟爱的头发也是这颜色。
斐德拉
你曾是；而今依然。
今天最值得做的
莫过于在空旷的家中，就着火炉
生起第一次火；季节、景致
只余点滴给我们；沉思
映出最近的真实；幻想着
最糟糕的——或许——已成往昔。

第十七辑

1944年

我曾拥有

自一场卑贱的风暴，停泊
在这热情好客的家中，我
——终于自由地——探首窗外。
目睹天空流云漂移，
对面的皮蒂宫，

新月白皙。我回头问起那些
古老而徒然的问题：妈妈，为什么
你把我带到这个世上？而今我在这里做什么？
我老了，一切都在重演，
过去成为瓦砾，为何在考验中，
和可怕的事件相比，我发现（彼此）
力量悬殊？甚至信仰也在死亡中
落了空，死亡解决了一切。

我曾拥有一个属于自己的世界；在一个拯救

我的世界上，我曾拥有自己的处所。我目睹
那儿光明麇集，我自个儿
也近乎一束光。你可曾记得，
你是我最亲密的青年朋友，
差不多算得上我的儿子，尽管
我不知道你如今身在何方，也不知道你是否还是原来的样子，有时
我想你该是荒凉大地上的
囚徒，落在敌人的手中？而后，
我怀着羞耻心，吞下丁点儿食物，
在临时搭建的好客的屋顶上。
卑鄙的法西斯和贪婪的德国人
掠走了我的一切。

我曾拥有一个家庭，一个伴侣；
善良、非凡的丽娜。
她仍然活着，但她需要更多的休息
相比年龄的要求。一阵令人焦虑的
怜悯抓住我，看到她依然
在别人的家中忙碌，以火
煎饭，木柴匮乏。心收紧在其他
时刻的痛苦回忆上，

正如一阵悔恨令心蜷缩在胸口。
卑鄙的法西斯和贪婪的德国人
掠走了我的一切。

我曾拥有一个小女儿，而今已长大成人。
在她身上，我看到自己最优秀的部分。
不幸的时刻也找到了将她从我
身旁拽走的手段，在我的身上，她看到
自己灾难的根源，她蓝色的眼睛
不再以昔日的爱，朝向我。
卑鄙的法西斯和贪婪的德国人
掠走了我的一切。

阿尔蒂加内利剧院

镰刀、锤子和意大利之星
新绘的图案装饰着剧院大厅。而
那墙上的符号缔造了多少痛苦!

报幕员出场了，架着双拐。
挥舞拳头致意；口中念念有词
因为妇女们咯咯笑着，而小孩子
挤满了破败的演出大厅。
他依然羞涩地大谈
四海之内皆兄弟的理想；末了作结："现在
我要像德国人一样：撤退了。"
在一幕和另一幕之间，在酒吧里，
他的朋友四处逡巡，节俭地
往杯子里添上红酒，缓解心中的创伤，
脸上痛苦的皱纹密闭；有的（朋友）
自担惊受怕的流放中投奔此地

靠着他取暖，一如在太阳底下瑟瑟发抖。

这就是阿尔蒂加内利剧院，
诗人在 1944 年
九月的一天
目睹这一切，大炮
不时地发出隆隆的响声，佛罗伦萨
沉默着，在废墟中全神贯注。

第十八辑

杂录

对另一场战争的回忆

在一个冰冷无眠的夜里
哪些被埋葬的影像会突然出现!

在科托尔，一位间谍
开着小酒馆
向两方出卖当地的葡萄酒，
食品，和死亡的秘密。

时候到了，所有人都是，卡门说。
堡垒间可见燃起的烟火，油渍
浮出水面，渐渐涨大。打算一起
干杯的友军舰只消失了。

啊，何等的友军！又快又轻灵。
斜桁上升起了旗帜
那是我的旗帜。

苏格兰梗犬

——给丽努齐雅

你曾经有一只狗，名唤伊洛，帅呆，
你看着它在草地上绕着圈儿撒欢
它的幸福呼唤着泪水。

在法国的那次，它死了。

一场家庭内部的哀悼，一场世界的哀悼。

特权

我是一位好伙伴。人们牵着我的手
会感到轻松，别人求我的事
我会办得又好，又愉快。

然而，隐秘的灵魂不会撒谎
向自个儿低诉着自己的话语。
有时，某一位上帝也会将我呼唤，希望
我聆听他。对于那躲避我的
思想，体内振跳的
心脏，对于我痛苦的强度
人世间一切的平等都熄灭了。

我有此特权。我坚守它。

拜访

——致布鲁诺和玛丽亚·桑圭内蒂①

我完成了作品的“尾声”；像勤勉的
在校生，我把它们一页一页
安排停当。心不在焉
却也兢兢业业。此刻，你照例，
而又出其不意地出门在外，而我同女儿逗留在
撒丁岛，前来拜访你的孩子和你的玛利亚。

命运将这些人聚在一起
——否则，怎么可能——在这个房间。
小壁炉燃着木材。

① 布鲁诺·桑圭内蒂（Bruno Sanguinetti），1909年出生于热那亚，1950年于米兰去世。意大利政治家，参加反法西斯地下活动的积极分子，诗人蒙塔莱和萨巴的朋友。玛丽亚·萨纳（Maria Sanna）为桑圭内蒂的第一任妻子。

夜色已笼罩了山丘，花园
冬日的悲愁已将它剥得精光，晚饭临近时
浮现出不相称的抱歉的神情，母亲的
吻（陪伴在孩子们）温暖、洁白的床前。

夜色笼罩了波拉菲奥的画作[①]，
两个人坐在长凳上（谈论着
政治），背后是巨大的
洋玉兰，一个小女孩飞过
大街，玩着跳绳游戏。一度
这画作属于我；使我
整个的家容光焕发。朋友
在你的家里，我又重新看到它，多好，
你从失明的冷漠中拯救了它。而波拉菲奥
——我想——已离开人世二十年了。

夜色也爬进我女儿
和褐发女士的眼睛。在我的眼睛里
一挂湿润的面纱垂下，那不是痛苦。

---

① 波拉菲奥（Bolaffio），萨巴和桑圭内蒂共同的朋友。

时间不早了。我面对着户外薄薄的
冰霜。心中，有一首生命之歌，
那里，血归血，泪归泪。
意大利几乎感受不到它。古老的
抵抗，犹如栎树，直至倒塌。

第十九辑

地中海

叶猴

我老了，为一位远方的女性
和在天国倾听我的小伙子
写下这些
诗句。我想起
古老的拳击手，想起这些让我感到
愉悦。叶猴，是他的名字。在埃涅阿斯
不幸的游戏中，他赢得了最后一场
比赛，沿着西西里
惬意的沙滩，好客的祖先。
白色的泡沫追逐着
波浪，她们是远海的塞壬。
他是一颗强健的心和一位贤哲。
“这是，”他曾说起，“拳击手套，在这里，我存放艺术。”

我曾钟爱

我曾钟爱没人敢用的
陈词滥调。我曾心醉神迷于“花儿”呀、“爱情”呀
这般的诗作，
世间最古，难度最高的诗作。

我曾钟爱长眠于深处的真理，
酷似一场忘却的梦境。痛苦
重新发现了这位女友。怀着忧虑，心
靠近她，不再离弃。

我爱你，将我倾听，我的一手
好牌会留到游戏的最后。

赤裸

你的赤裸一如溪流，嘴
对嘴时，你的每一下颤抖都使
那吻更为甜蜜，今天，它又返回我的思绪。

于我，往昔如在梦中，或许，那时我才是在真境里
一位天使，成了肉身，在你体内说话。
一位善良的天使也会默许
仁慈，默许他身上过度的爱。

天使

啊，你在如花的年龄
反抗年迈的我，发着比我们更大的脾气
眼睛发出星辰般愤怒的光，
嘴巴亲吻和被吻时
配合着默契的言语，或许，我那对你不加
节制的爱是一种渎神？好吧，这是
我和上帝之间的事。

高天啊！我的流光溢彩的爱！

地中海

我想起远方的海，港口，和港口
掩蔽的街道；有一天我曾逗留于斯，
今天我在这里，举手合掌
向诸神祈祷，不要因为我放弃了
他们渴求的最后一场胜利而惩罚我
（而我的心，出于温柔，勉强承受得住）；

我想起阴郁的塞壬
——亲吻，狂喜，神志昏迷——；
我想起，那里，尤利西斯从一张悲愁的床上直起身子。

爱

爱，寻你之时，我对你说：别了，
就像我的时光和这灰色的愿望。
啊，在你的里面，是大地和阳光的影子，
和一个失去心灵的少年的心。

感激

有一年，就是这个季节，我曾在罗马。
我曾拥有罗马和幸福。
我公然享受前者，而后者
我则保持缄默以免好运气走掉。
但是一切都
希望我时时刻刻快乐；
我的思想就是一位创造的神。

白雪覆盖下的米兰，最为忧伤，
或许也最美。世事芸芸，已成
过往，却还活在我的内心
在这个仁慈的，令人痛苦的城市。
厨房把我迎到温暖里；一个邻居
找到后又消失了，从那些古怪的笔记本里
抬起眼睛看你，还有声音。
他看到白色的花朵，看到，妈妈

身子弯着，在忙家务。他喜笑
颜开地冲她说：“妈妈，
你一出门，雪就会吻你”；

而我的心感到了那个吻。

送给丽努齐雅的三首诗

一

那曾是个小小的世界，小到可以
拿在手里。

那曾是一个艰难的世界，而今已远离
我们，焦虑刚刚还舔过
它，犹如波浪拍打。在苏醒和
睡眠之间，缓慢地来临。如果有时候，
一幅画像偏离她精准的图案，
精准的轮廓，又点亮了
你的记忆，自身甜蜜的记忆，将你寻觅，
犹如敌人的匕首（寻觅着你的）心脏。

那曾是一个小小的世界，她的怒气
将你攥在手里。

二

在狂野的亚得里亚海尽头，
一个港口向你的童年敞开。船只
向着远方起航。从绿色的
丘陵之巅，从古老碉堡前的斜坡，一道
闪电和霹雳之后涌出一缕白烟。无涯的
蓝色接纳了它，使其迷失在
天空的意志中。战舰
回应以敬意，系泊在
你家的外海，在防波堤的
海岬曾有一朵玫瑰，风的
玫瑰。

那曾是一个小小的港口，一道向着
梦幻敞开的大门。

三

自那梦幻，那愤怒，你
赢得了一切，也失去了一切，
那汇聚在你身上的美好和不幸。

尤利西斯（二）

年轻时，我沿达尔马提亚海岸
扬帆远航。小岛
花朵般自水面浮现，那儿罕有
小鸟逗留和觅食，
海藻覆盖其上，阳光下光滑
美丽，宛如祖母绿。每当高涨的
潮水和黑夜将岛屿淹没，处于下风的
帆便向着更为宽阔的海面溃散，
以求逃离险境。而今，我的王国
是一片无人之地。港口
点燃自己的灯火照亮他人；未能驯服的
精神依然将我推向广阔之境，
痛苦的爱情也是如此推搡着生命。

第二十辑

飞鸟

（1948）

知更鸟

你自我克制，我也希望如此，却无能为力。

你看，乌鸫的朋友，知更鸟。
当它厌恶同类，就似乎对
近邻表现出欢心。你视它们为
形影不离的伙伴，在令人惊奇的
树丛边，你意外地发现它们，
但是，一阵喜悦的冲动伴随着黑色的朋友，
嘴里叼着鲜活的战利品，振翅飞走了。
压弯了远处的一根枝条，那没什么损害，
倘若那负担只是令它轻微地波动；壮丽的
季节，它们陶醉于它的整个天空，
而妻子在窝里。正如有一阵
我喂养自己温柔的孩子，
感受得到它放肆无忌的贪吃；

它在那儿吵得声嘶力竭。

天空

善良，非凡的丽娜
打开窗户，因为她看到了
辽阔的天空。

在此平静地休息，我思忖
以往的付出皆归徒劳。近在咫尺的目标
天空，燕子，云彩，更讨我的
欢心。我别无所求。
静静地
抽着我的烟斗，像一位
暮年的水手。

今年

今年，一想到燕子的
离去，就使我内心抽紧。

而后，阵阵民歌在树木上空引来
喧闹的回响，汇聚在温迪·森代布雷
大街。而后，在整个漫长难熬的
冬季，我将只有那个念头，在此
将我陪伴，和屋顶上这只棕色的麻雀。

对于我的孤独，燕子是
缺席的，而对于我晚年的日子，爱亦复如是。

乌鸫

我会在梦中返身的那个世界
曾经存在过吗？会将我从梦中唤醒吗？
当然存在过。我母亲和一只乌鸫
占了那世界的一大半。

我方才还看见过她。它的黑色和黄色
最为显眼，它唱着歌，愉快地
冲我打招呼（那是我的
想法），大街上，我听得到。母亲
疲倦地，坐在厨房里。剁着肉，
那仅仅是给他（这曾是她的想法）
和给我的晚餐。没有任何
景象或嘈杂如此这般地令他激动。

在一个被关在笼子里的小男孩和
从他的手里叼取蠕虫的食虫鸟之间，

在那个家里，在那个遥远的世界
曾经存在着爱。也曾存在着误解。

尼采

在一种孤独的伟大四周
鸟儿不飞，含混也不在
他附近垒窝。除了沉默
你什么也不憎恨，你看见的唯有空气。

第二十一辑

近乎一则故事

旧书店[①]

众多的死者向一位死者索要死去的书籍。

在这间可爱的遭受苦难的破屋子里
皮肤黝黑，好心的卡尔莱托是唯一令我
感到安慰的幻觉。在我的头脑里，一个时代
仿佛一座避难所，对于时代的恐怖亦然。
不过，那个时代而今已成为过去，我珍爱
和他共事的生活。除了因自感软弱无力
而哭泣，就像你还是小孩子时，
和你的母亲走散在市场的人群中
那般伤心流泪。

---

① 1919 年，萨巴花 4000 里拉，自朱塞佩·梅兰德（Giuseppe Mayländer）手中购得位于的里雅斯特的圣尼科洛（San Nicolò）大街 30 号的一家小书店。书店共存有 28000 本旧书，萨巴最初的目的是以更高的价格出售所有旧书，腾出空间另作他用。不过，由于他对这批旧书颇为着迷，从而持续留在手中经营达 35 年之久，直至 1943 年，因意大利政法颁布的反犹种族法案而不得不离开的里雅斯特。书店被转让给他的员工卡尔罗·齐尔内（Carlo Cerne），即诗中的卡尔莱托（Carletto）。萨巴自 1924 年开始聘用卡尔罗，诗人去世后，卡尔罗继续经营这家书店，并将其留给自己的儿子马里奥·齐尔内（Mario Cerne）。

献给金丝雀的十首诗

一、致一位共产党员

我的家中有一只金丝雀，你也见过。
绿中带黄。当然，
是黄雀生下了它的妈妈，或是爸爸。

它是个杂种。而我更喜欢本地的
杂种。它的优雅让我开心，
它的歌声令我欢欣。
在它可爱的小伙伴中，我又变成了孩子。

而你在想：诗人真是疯子。
你方才在观瞧；你对此感到愚不可及。
你更喜欢陶里亚蒂[①]。

---

① 陶里亚蒂（Palmiro Togliatti，1893—1964），意大利共产党创始成员之一，1927 年起担任意共总书记，直至去世。

三、金色的球

鼓着伸展的翅膀和偶尔张大的小嘴
它甚至向我发起挑战……它看不到
自己，正如我看到了自己。此刻
是它的幸福看不见自己。

永恒的运动片刻也不
停留。它不由自主的惊恐，而非绿色的
菊苣，滋养着别的鸟儿，
（它的惊恐）总寻思着要干些什么，而那
要干的事整个地攥紧了它。那（或喜或悲的）
鸣唱，激起阵阵啼啭。
若你冲着它“啾啾”地呼唤，它则以那被呼唤的
声音应答。

夜晚缓缓降临。慢慢
哑默，涨大。向着全然信赖的梦境
闭合，没入自身，犹如一只金色的球。

六、几乎是一种道德

麻雀不再怕我。它们无动于衷地
来往于窗台上
冲着房间里我安静的活动。
它们发现了小米和草籽：类似
挥霍般的撒开的礼物，在我的手上
增多。我一言不发地瞧着它们
（它们没有因为害怕而改变主意），我似乎
（是真是幻无关紧要）读懂了
它们黑色的小眼睛，如果同我的目光相遇，
几乎含着一种感激。
　　　　　　　　　　　　是孩子，
或是别的什么，那倾听我的你，在活生生的
痛苦或喜悦（在痛苦中学习到的更多）中，从
备受苦难，历经挫折者那里领悟到
上天的恩典依然存在，领悟到世界
——**整个世界**[1]——（都）需要友谊。

---

① “TUTTO IL MONDO（整个世界）”一句诗人采取了大写，故译诗以黑体对应。

九、苏醒

整个白天它们都在打嘴仗；夜里则像其他的
小鸟儿一样，入睡，羽毛贴着羽毛。
（我待的这个地方，我设想自己是
一个躲在暗处的、不可能的敌人。）早在
麻雀之前，我就醒了，我知道，
过不多会儿，它们就会来叫我。上帝和
太阳的造物，今天，因着你们，我想起了
可敬的乳母，从前
她送给我一只金丝雀，我的命运
她一无所知，是她教会我爱你们。

一位东方人

故事——我命运的挑战，
沉重而可怕的命运临近了（那是
全世界的命运）——一位东方人（我就是
一位东方人，至少部分是；你曾经向鸦片
讨要的、对于不幸那虚假的忘却）或是在最好的
时期，或是在不同的时期，该已向你
讲述过颇为与众不同的故事。
它的名字应叫《一位老
诗人和一只幼小的金丝雀的故事》。

丽娜和女房客

我要向你讲述生活中的一个，而一切
尽在其中。

你可以听听这个，即便善
从我身边短暂地离开一小时，而她却获得了
幻想的安宁。对另一个

女人（总是不同的一个，而在你却也是同一个）
滋生仇恨是不恰当的。
某一天，她曾是你的母亲；今天，我的丽娜，
她拥有另一个名字。“到锅炉那儿去，”你说，
“给我留点火苗。”你不说：
“我知道你是对的；我知道我总是
在你附近扒土。”可怜的，
苍老而疲惫的，母鸡。

我的诗篇

好心的卡尔莱托曾对我说："依我看
你得干写诗这行。"我得像
母鸡那样去下蛋。有一天我的
女儿对我来了这么一句。（当时她
只有十岁、十一岁的光景。）她想象着，
整个世界的微缩景观，她的父亲
关在一个笼子里。红酒和食物
美味可口，甚至于棒极了。她母亲
或她，交替着透过笼子的小栅栏攫取
我每天写在多彩活页上的
劳动成果。

召唤

为什么，优美的造物，你让我心碎？

你拥有一切，哭泣乃是你的召唤。你有
宽敞和干净的笼子，每个清晨，
拂晓时，我亲自照看（你在那儿
有些笨拙地垒窝，现在
你赶走了不受欢迎的访客）；一对儿
多汁的樱桃；我小心翼翼地
拨弄着手里的松子。她
像你，很少抱怨，
她的财产只有你的一半……

可是你，优美的造物，你让我心碎。

全都正确

——致贾科莫·德贝内德迪[1]

全都正确。金丝雀在
——昨天我对此近乎绝望——垒窝。
小贾科莫写信说："你的书
很好，非常好。你调和了雕像
和彩虹。你的季节已进入
尾声，怨恨烟消云散，我喜欢。"
全都正确。而更为真实的是
我已厌倦于死；也厌倦于生
——对我们来说，这并非必然，对他人来说却是——
我之所需，唯有孤独。[2]

---

① 贾科莫·德贝内德迪（Giacomo Debenedetti，1901—1967），意大利作家、散文家和文学批评家。意大利文学批评家中率先以精神分析学研究普鲁斯特著作的代表性人物之一。曾创办杂志《巴雷迪》（*Il Baretti*），并在上面发表有关雷蒙德·拉迪盖（Raymond Radiguet）、萨巴和普鲁萨特的文学批评文章。

② 原句全部大写，故以黑体对应。

致读者

这本曾经给予你慰藉的书，
我的好读者，对于那相信它的人是个耻辱。
它说话的口吻犹如生者，（实则）早已（说
体面点，它应当）死去。

麻雀之浴

窗台上曾经放着满满
一盆水。被人遗忘在那儿。
拂晓时分。（我曾把它放在那儿；
不过为了别的用途。）一只麻雀
前来发现它日用的食粮。
它惊奇地打量（或者，在我看来）周遭。
先是埋头盆内；而后
（它的家是整个世界发，而我的
不过是世界的剩余）整个跳入里面
我的惊愕和它的嬉戏皆属短暂。
它出其不意地飞走，正如它的到来。

我对这类事深信不疑，我所信任的总是
我的类型。倘若我拥有的训斥多于赞美，那从来都不是
——正如你视今日为幻觉——一种快乐。

第二十二辑

暮年六记

（1953—1954）

人与动物

人，你的不幸毫无底线。
你过于，过于卑微。你带着嫉妒
（相反，你倒认为是鄙视）打量着
动物，它们毫无礼貌
毫不羞耻地，诉说着生命
和生命的法则（它们说出了底线）。

诗人和因循守旧者

我是何等嫉妒你，朋友！你牢牢地
怀抱着自己的信仰，与人类和
诸神和平相处。你轻松地说话
写作，亦步亦趋主人的
意志。作为交换，他给你
面包，爱抚你，就像爱抚他的某样东西。
他不拿枪瞄着你；你的微笑
粉碎了一切威胁。你阅人
阅事无数，几乎毫发无损。

有的只是关心自己的人，无能为力的人。
想着他的肉味道鲜美。
在猎人眼里，他想，作
麻雀要比山鹑更好。

最后

女士，我打量着那因喜欢你
而被喜欢的狗。而我……如果我想一想我的生活！
我愿意干各种各样的工作，这是好，是坏
我不知道；除了上帝，或许无人知晓。
我从未受制于任何事，任何人。
昔日我一直是（你回应我说："那是你的错"）
昔日我一直是一条孤苦伶仃的流浪狗。

第二十三辑

墓志铭

（1947—1948）

在这本书当中……

这本书当中的十三首诗，
从最后一首那里拥有了题目，
是，活着的我，是我的。
而后，我也将为鸟类和一位朋友，写下诗歌，
像其他的诗歌一样徒然，在悲伤的时刻，
以我悲伤的意大利语。

（的里雅斯特，1948 年 7 月 24 日）

老年与青年

一个老人爱上了一个年轻人。他，小孩子
——以孤僻如猫而出名——害怕
惩罚掩藏的思想。而今，两件
事在内心留下了甜蜜的
印迹：女人第一次迈着轻盈的舞步
调教你，小孩子
你最终保护了他，他信任地
将小手交在你的手上。

少年，苍穹般的眼睛
圆睁着俯视深渊，向他的朋友
长久地恳求着催眠曲。
催眠曲是一个故事，
少有的令人感动的经历
是对他无节制的青春的过滤：
无关乎善，无关乎恶。“好了，可以了——

他讲了一段；——我们熄灯、睡觉”。
他们转身冲墙。“我爱你——
一阵沉默之后他说道——你总是
和我友好相处，也和你的孩子”。立刻，
他陷入不安的睡梦中。老人
睁大着双眼，再也无法入睡。
依然是天使般健忘、无动于衷的
面容。你的心，难以忍耐，
不要责备他。想想看：他孤身一人；
有一份艰难的工作；他的生活
不在身后，而在前方。而你加速着，
你的死亡，如果你希望的话。不要再想了。

为一则新的童话而作

每一年，前行一步，世界就倒退
十步。末了，我茕茕独立。

然而，你将失去的还给我，夜莺，
你落在在我的指端，讲给我听
天使在世上活了
两天半的故事。你的手
书写得并不熟练，令我的思绪
环绕着新的童话麇集
像极了蜂群之于蜂蜜。

你指责技艺艰难，而我将话语
冻结在形象中。我思忖着
你比实际年龄看上去年轻些；
和那句老话：成熟得越早
陨落得越快。

奥皮齐纳 1947 年

这个夏天我重新回到奥皮齐纳[①]。
和我一道的是一位加入共产党的小伙子。
一面面墙上写着铁托的名字，
下面，我白色的小城已触目可及。

记忆中，夕阳西下
我们坐在小酒馆里，今天，
一想到那个女服务员，依然会令我感到忧伤，
长着一副凶手的面孔接待了我们。

两位年老的犹太女人，执拗的度假者，
我，还有那个小伙子，依然
说着北方的意大利话，在石头和云杉之间。

① 奥皮齐纳（opicina）是意大利的里雅斯特省的一个村庄，该词源于斯洛文尼亚语 Op ine，意思是“社区、群落”。

“黑色的法西斯前脚走，黑色的神父后脚来；
这就是意大利，你知道的。为什么你还——
我的同伴说——感到惋惜？”

墓志铭

活着，我向一个死去的民族诉说；
死后，我拒绝荣誉，乞求遗忘。

附录：萨巴生平年表

1883 年

3 月 9 日，诗人翁贝托·萨巴（Umberto Saba）出生于意大利东北边陲重镇的里雅斯特（Trieste），原名翁贝托·波利（Umberto Poli）。母亲费丽西塔·拉合儿·科恩（Felicita Rachele Coen），生于 1845 年，为犹太诗人、历史学家萨缪尔·大卫·鲁扎托（Samuel David Luzzatto）的外甥女；父亲乌戈·艾多阿尔德·波利（Ugo Edoardo Poli），生于 1853 年，天主教徒。1882 年，双方应媒妁之言而成婚，当时，科恩一方提供了四千弗洛林的嫁妆。为此，波利改宗犹太教，并将洗名艾多阿尔德改为亚伯拉罕（Abramo），同时接受割礼。萨巴出生时，父亲与其母分居。父子首次相见则是二十年后的光景。

萨巴被交给一位乳母抚养——年轻的斯洛文尼亚女子乔瑟法·加布拉维奇·肖芭（Gioseffa Gabrovich Schobar），又称佩琦·萨巴姿（Peppa Sabaz），后者抚养其逾三载。

1887 年

萨巴离开乳母萨巴姿，这一事件在萨巴心中投下了痛苦的阴影。此后被送往帕多瓦的姨母家生活。

1893 年

萨巴十岁左右时从帕多瓦的姨母家返回故乡的里雅斯特，并在但丁中学开始为期四年的学习。其间学习成绩并不优异，因此未获推荐进入高中学习。

1897 年

萨巴进入帝国商业与海运学院学习，学制一年半，但数月后中断。其后，就职于一家粮食经销商的办公室。

1900 年

尽管有过成为一名小提琴演奏家的短暂想法，但萨巴很快便开始创作其早期诗作，接触和阅读列奥帕尔迪（Leopardi）、帕里尼（Paiini）、福斯科洛（Foscolo）、波特拉克等人的诗歌。与的里雅斯特当地一些素有抱负的年轻作家、音乐家和画家交往频繁，其中最要好的朋友当数乌戈・吉尔萨・（Ugo Chiesa），后者日后成为著名的小提琴演奏家；哲学家乔尔乔内・法诺（Giorgio Fano）；画家和诗人威尔基里奥・乔蒂（Virgilio Giotti），以及社会主义报纸——《劳动者》（*Lavoratore*）的年轻编辑阿玛泰欧・泰德斯格（Amadeo Tedeschi）。

1903 年

诗人入比萨大学学习，跟随熙安教授学习意大利语文学，但很快转而学习考古学、德语和拉丁语。

1904 年

夏天，因和朋友吉尔萨发生争吵而陷入严重的精神抑郁，不得已返回家乡，为当地的报纸撰写文章。

1905 年

7 月 14 日，于《劳动者》（*Lavoratore*）发表其于蒙特内哥罗[①]（Montenegro）的游记见闻。

频繁出入罗塞蒂咖啡馆（Caffè Rossetti），在此结识日后的诗人乔蒂（Virgilio Giotti）。

---

① 即今天的黑山共和国。

稍后发表其生涯中的第一首诗。

遇到了日后的妻子伍尔弗乐（Carolina Wölfler），即《家园与乡村》（*Casa e campagna*）和《的里雅斯特和一位女士》（*Trieste e una donna*）中常常提到的丽娜（Lina）。

1906 年

前往佛罗伦萨，并在此居留达两年之久，同时和当地的艺术圈交往，并结识了帕皮尼（Giovanni Papini）和普雷佐里尼（Giuseppe Prezzolini）

1907 年

8 月，在邓南遮（Gabrielle D’Annunzio）的夏季度假寓所做客。两人仅见面一天，此后再无联系。

1908 年

应召入伍，驻防于萨莱诺（Salerno）的第十二步兵团。在此期间，创作《军旅诗篇》，标志着其诗艺的长足进展。

9 月，与日后的小叔子合伙开办了一家旧书店。

1909 年

退伍后，返回家乡的里雅斯特，并于 2 月 28 日按照犹太礼仪与伍尔弗乐结婚。

1910年

1月24日，女儿丽努齐雅（Linuccia，1910—1980）出生。和母亲一样，丽努齐雅是另一位被萨巴反复歌咏的女性。

尽管婚后同妻子争吵不断，萨巴依然于1910年底成功出版了第一部诗集——《诗歌》（*Poesie*），由意大利作家西尔维尔·本考（Silvio Benco，1874—1949）作序，开始正式采用笔名萨巴（Saba），在希伯来语当中，"萨巴"既表示"祖父"（nonno），也表示面包。同时，根据母亲家族的经历创作系列小说——《犹太人》。创作散文——《诗人何为？》，并向创刊于佛罗伦萨的著名文学杂志《声音》（*La Voce*）投稿，遭拒。

1911—1912年

1911年秋天，推出《我以我眼》（*Coi miei occhi*），后更名为《的里雅斯特和一位女士》（*Trieste e una donna*）。同年移居博洛尼亚。两本集子首次使用笔名萨巴，为的是纪念自己向所敬慕的乳母萨巴姿。

1913 年

年底，举家迁往米兰，并经营起一家歌厅——“红色夜总会”(Taverna Rossa)。

1914—1918 年

“一战”爆发，萨巴应召参战。起先服役于卡萨尔马焦雷（Casalmaggionre）① 的奥地利士兵战俘营，之后在一家战地办公室任打字员。

1917 年，移防位于米兰塔里艾多区（Taliedo）的空军基地，被任命为空军建筑工地上的木材检查员。

在此期间，重新激发对于尼采作品的阅读兴趣。精神疾病加重，在米兰的一家战地医院就诊，不久痊愈。

1919 年

成为家乡一家古董书店的店主，直到三十年代末。

1921 年

出版《歌集》(*Il canzoniere*) 第一版，将之前的

① 意大利伦巴第大区克雷莫纳省的一个市镇。

诗作精选后按照自传顺序归类，并保留原有的诗集名称。之后，《歌集》终其一生得以不断地扩充和精简。

同年，母亲去世。

1928 年

从法律上正式更名为萨巴。

1929—1931 年

精神疾病加剧。萨巴开始接受精神心理医生魏斯（Edoardo Weiss）的治疗，后者是著名小说家斯维沃（Svevo）的朋友和著名精神分析学家弗洛伊德的学生。魏斯同时还是意大利最早的心理分析师，意大利精神分析学的创始人。这一治疗因 1931 年魏斯迁往罗马而终止，但是，弗洛伊德理论中的某些重要元素给萨巴留下了很深的印象，并在意识层面重新激活了其儿童时代的心灵创伤。

1938 年

第二次世界大战爆发前一年，意大利法西斯政府颁布《种族法》，萨巴被迫将书店转让给他的助手卡尔罗・齐尔内（Carlo Cerne），举家移往巴黎。

1939 年

年底，全家重新返回意大利。起先逃亡罗马，翁加雷蒂试图对其提供帮助，未果，萨巴不得已又回到的里雅斯特，决意面对这一民族悲剧。

1943 年

9 月 8 日，被迫同丽娜和女儿丽努齐雅（Linuccia）逃亡，潜居佛罗伦萨，其间频繁更换居所。曾躲在诗人列维（Carlo Levi）的家中，诗人蒙塔莱冒着生命危险每天去探望他。

1945 年

于艾瑙迪出版社（Einaudi）出版《歌集》第二版，分上下两册，共十二辑，其中五辑未发表过。

1946 年

获维阿雷乔文学奖（il Premio Viareggio）。

1948 年

出版散文集《歌集的历史与编年史》（*Storia e cronistoria del Canzoniere*），诗人以第三人称阐明了其诗作产生的场合、解释和批评。

1951 年

获林琴学院奖（il Premio dell’Accademia dei Lincei）和陶尔米纳文学奖（il Premio Taormina）。

1953 年

被罗马大学授予荣誉学位。

1954 年

《歌集》第五版出版，收录 1900—1954 年间创作的全部作品，分为三卷二十六辑。

1955 年

因妻子状况不佳，萨巴倍感疲惫并因此病倒，入戈尔齐亚（Gorizia）的一家诊所住院治疗。

1956 年

11 月 25 日妻子丽娜去世，萨巴独自一人从诊所前往参加葬礼。

1957 年

8 月 25 日，萨巴辞世。

1959 年

遗作《碑文》(*Epigrafe*）出版，内中收录了诗人最后的爱情诗篇。

1964 年

萨巴的代表性散文结集，由蒙达多里出版社出版，名为《散文集》(*Prose*)，女儿丽努齐雅担任主编，作家兼记者奎多·皮奥维内（Guido Piovene）作序，批评家阿尔多·马尔科维奇奥（Aldo Marcovecchio）作注。

1975 年

萨巴的遗作、小说《欧内斯特》(*Ernesto*）出版，书中以第三人称叙述了一位处于青春期的年轻人所经历的青涩的性爱。

1989 年

萨巴的剧本《文人维琴佐》(*Il letterato Vincenzo*)，由位于意大利莱切的皮耶罗·玛尼（Piero Manni）出版社出版。